アンをめぐる19世紀ファッション、料理、歴史までわかる

私たちの愛した赤毛のアン

オフィスJ.B編

辰巳出版

Takako Hirai
ANNE'S GALLERY

アン・ラヴァーズを魅了したひらいたかこのアンの世界。

1989年に東京図書から３年間かけて発行された「赤毛のアン上・下」「アヴォンリーのアン上・下」「大学生アン上・下」６冊シリーズの中から思い出のイラストを紹介する。

© ひらいたかこ／東京図書『赤毛のアン・上』1989年発行

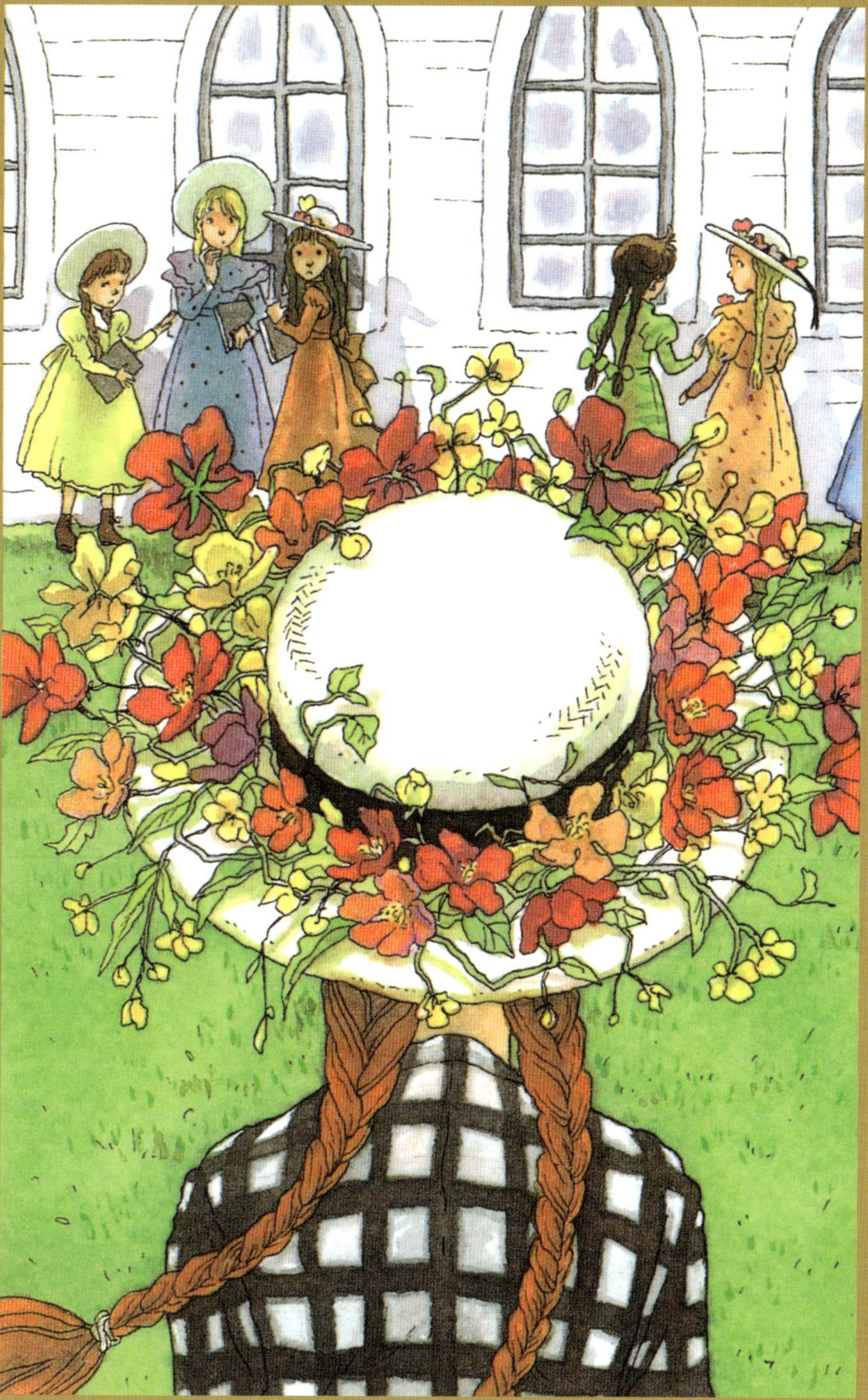

アンにとって初めての日曜学校。
道端の花をカンカン帽に飾り付けて意気揚々と登場したシーン。

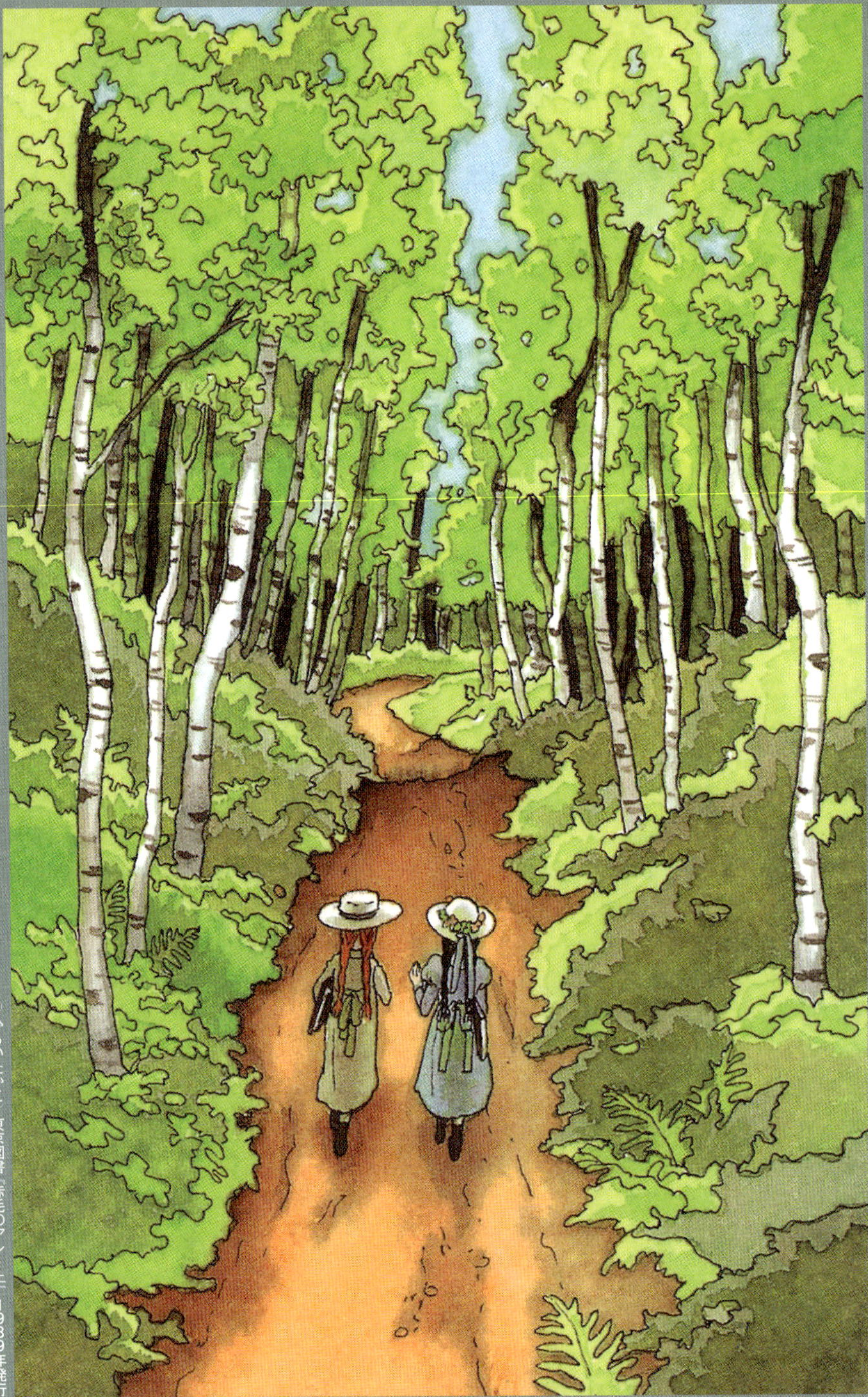

ダイアナと通う学校までの道のりは、親密で楽しいひと時。「樺の道」では、
白樺の葉の隙間から朝日が差し込み、そのきらめきはダイヤモンドのようだった。

白いオーガンジーのドレスに身を包み、ホワイト・サンド・ホテルの暗誦の舞台に立ったアン。

真っ青な顔をした様子に心配のあまりダイアナとジェーンは手を取り合っている。

教会の婦人会が開催したバザーの様子。教会の設備購入や改修、海外伝道のためなどに、
慈善バザーはしばしば開催された。お手製のキルトや料理が並ぶ。

山彦荘でミス・ラベンダーとステファン・アーヴィングの結婚式を挙げることになり、
シャーロッタ４世とアン、ダイアナは準備に大わらわになる。

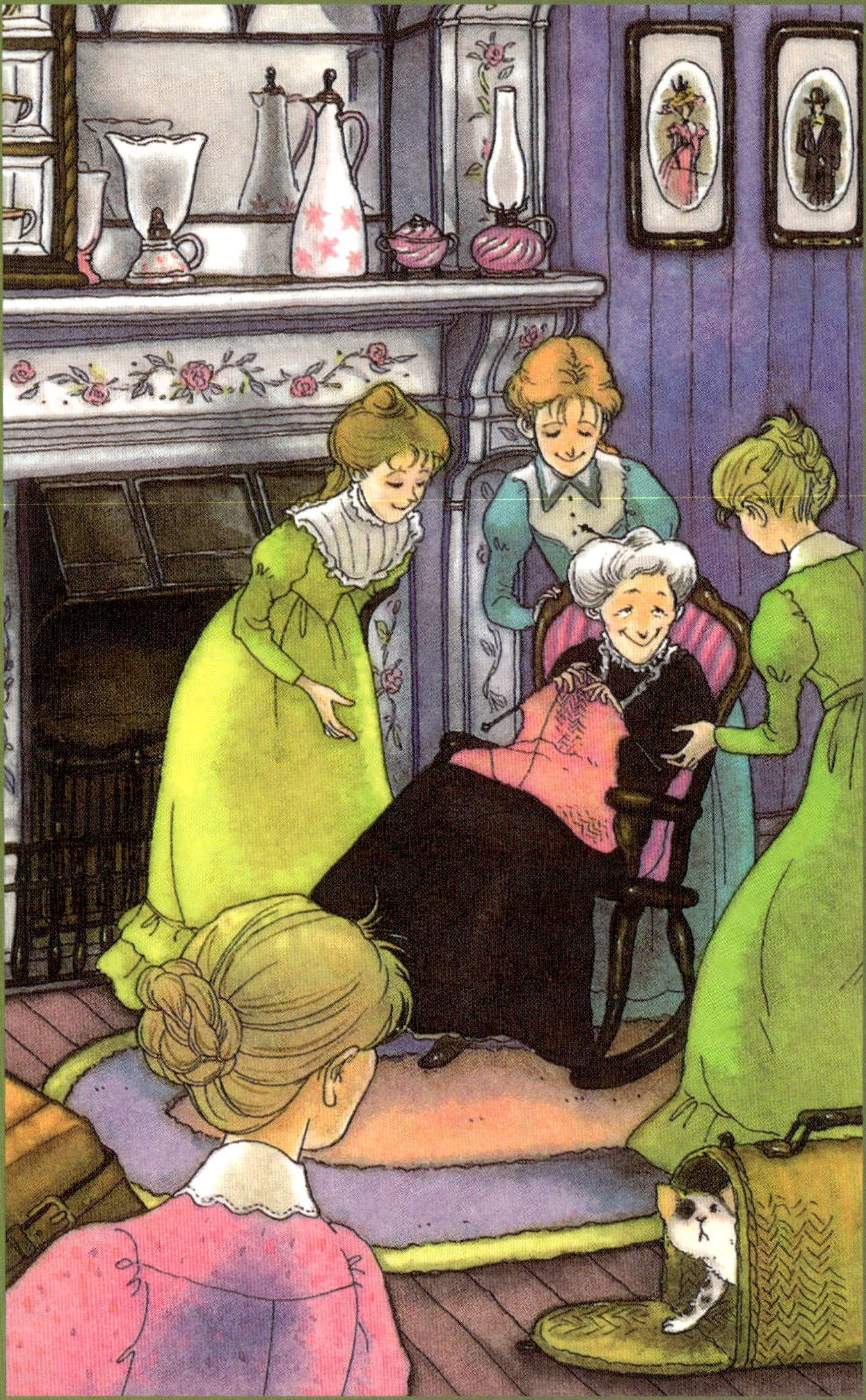

ジェムシーナ伯母さんの監督のもと、レドモンド大学の２年目、
アンとフィルとプリシラとステラは「パティの家」を借りて共同生活をする。

© ひらいたかこ／東京図書『大学生アン・下』1991年発行

レセプションのために身支度をしているアンの部屋に、フィルが顔を覗かせる。

フィルがバラの蕾を一面に刺繍した優美なドレスを着て、アンはロイが贈った蘭を手にしている。

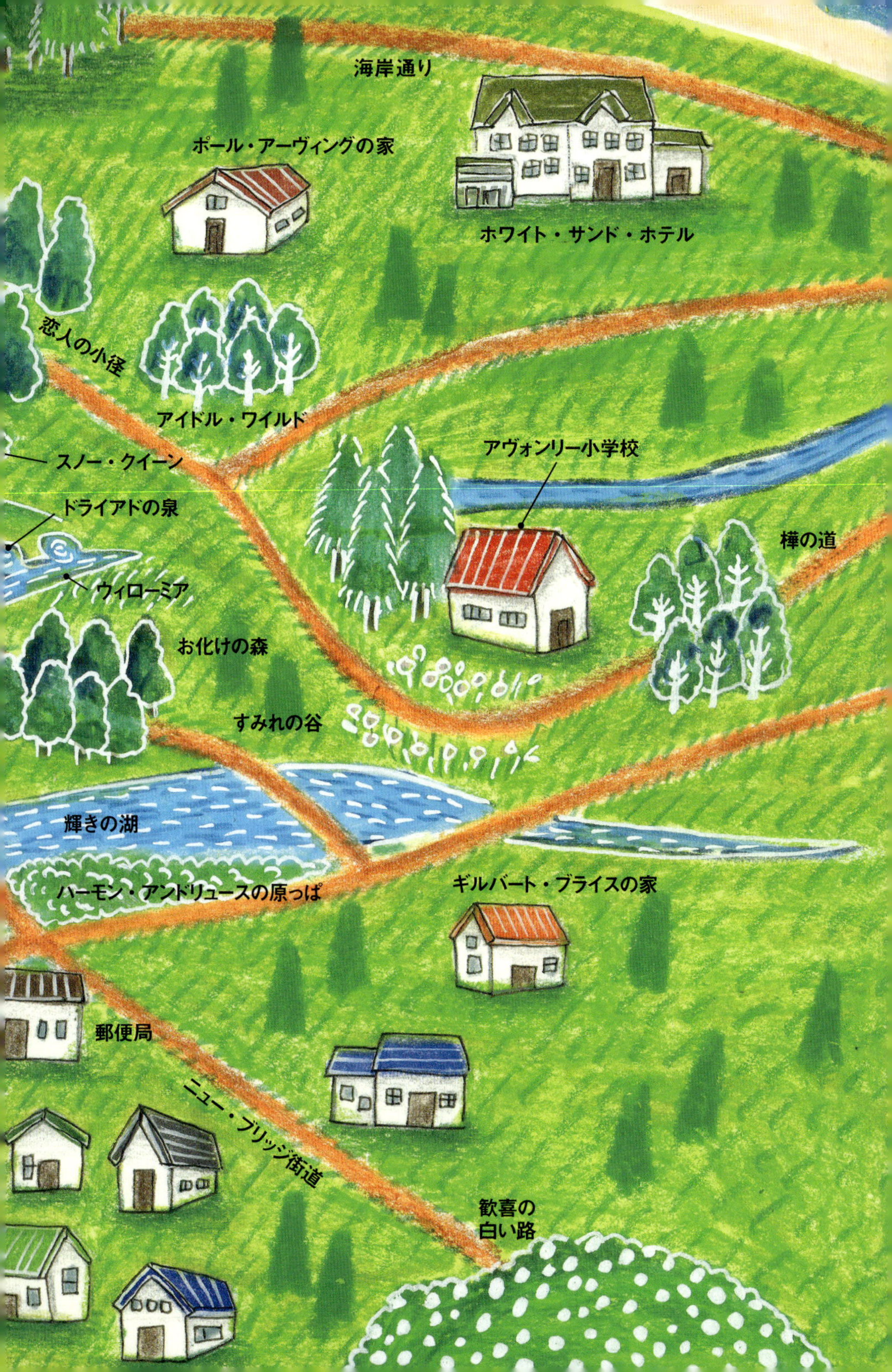

海岸通り
ポール・アーヴィングの家
ホワイト・サンド・ホテル
恋人の小径
アイドル・ワイルド
スノー・クイーン
アヴォンリー小学校
ドライアドの泉
樺の道
ウィローミア
お化けの森
すみれの谷
輝きの湖
ハーモン・アンドリュースの原っぱ
ギルバート・ブライスの家
郵便局
ニュー・ブリッジ街道
歓喜の
白い路

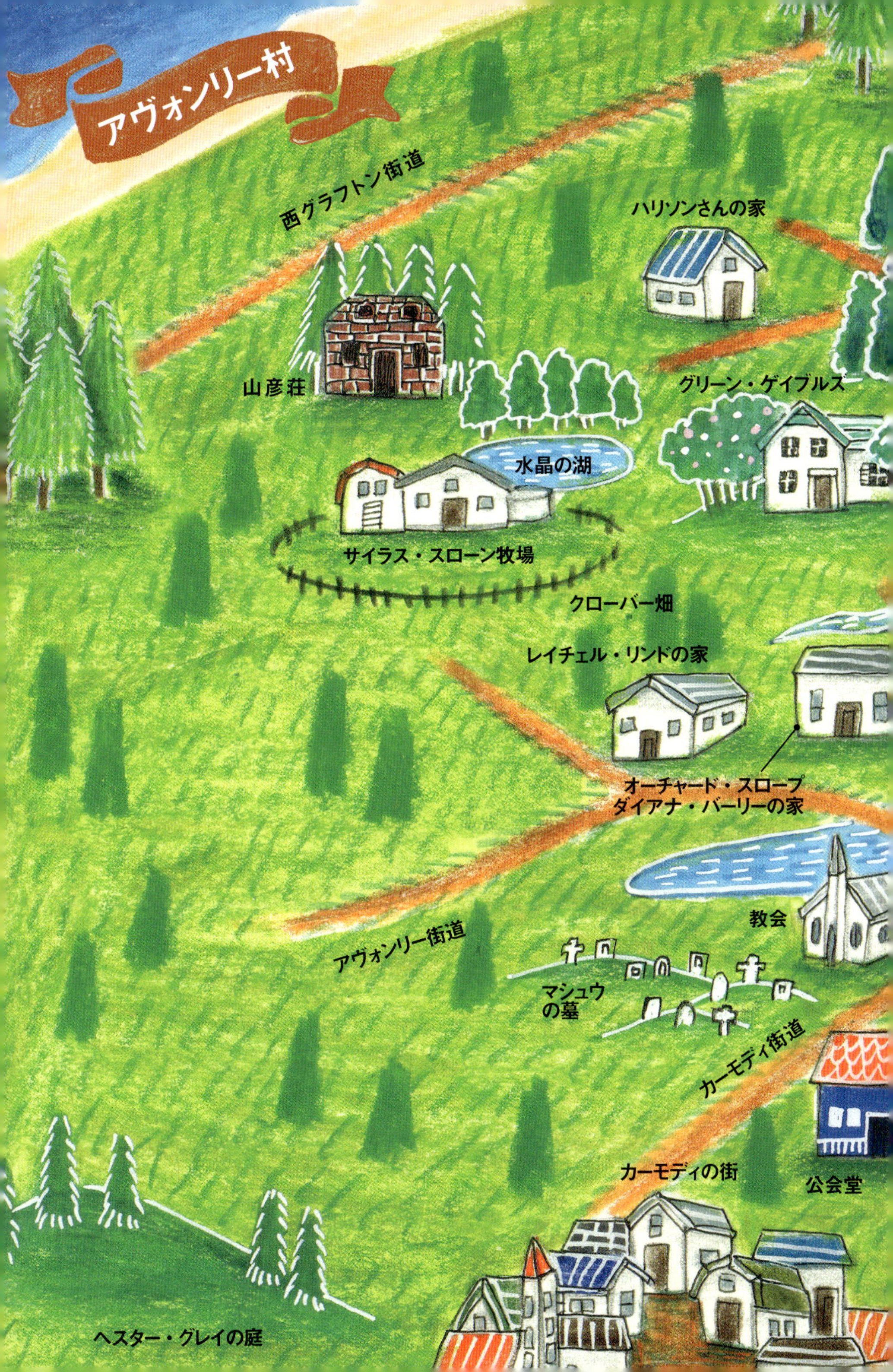

アヴォンリー村
西グラフトン街道
ハリソンさんの家
山彦荘
グリーン・ゲイブルズ
水晶の湖
サイラス・スローン牧場
クローバー畑
レイチェル・リンドの家
オーチャード・スロープ
ダイアナ・バーリーの家
教会
アヴォンリー街道
マシュウ
の墓
カーモディ街道
カーモディの街
公会堂
ヘスター・グレイの庭

プリンス・エドワード島の花

アンの物語を読むとき、世界でいちばん美しいと語られるプリンス・エドワード島の自然が、細やかに描写され魅力的だ。なだらかに続く赤土の道、うっそうとして深い緑の森、遠く輝く青い海など。目の前に浮かぶほどである。さらにこの島を彩る四季折々の花々には、それぞれにアンとの関わりがあって印象深い。

すずらん

４月から６月頃に明るい日陰の湿地を好んで咲く。日本に自生する種と海外で見られるドイツ種がある。

きんぽうげ

春先に日当たりの良い野原や土手に群生して咲く。花はひとつが３センチくらいと小さいが、一面に広がって咲くようすは見応えがある。

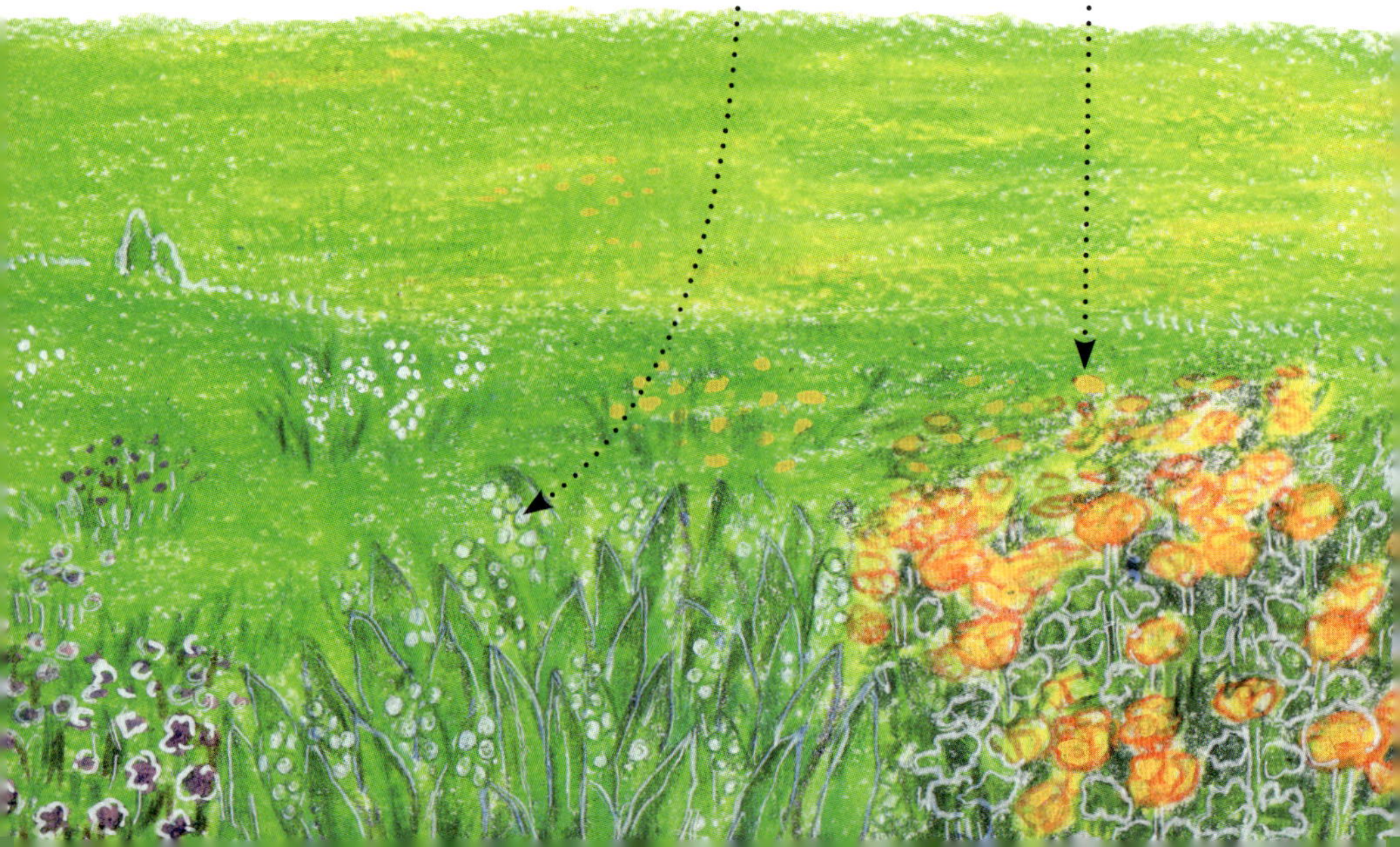

例えば一面に咲く黄色い絨毯《じゅうたん》のようだったという「きんぽうげ」。アンが教会へ行く道で出合い、「ワイルドローズ」と一緒に帽子に飾った花だ。両親を早くに亡くし不遇な育ちで、美しいものを求めながらもそれを得ることが難しかったであろうアンに、この帽子はとても素敵なものに思えた。例えそれが他の人々の目に

ワイルドローズ

野ばらと呼ばれる原種のばら。基本的に一重咲きで春にのみ咲く。北半球一帯の広い地域で育つ。

ライラック

６月頃に咲く北国の代表的な花木。房状の花は良い香りで香水の素となる。日本では仏語「リラ」の名でも親しまれている。

すみれ

春に野山で咲く多年草。一年草で園芸種のパンジーとは区別される。草丈は15センチ位まで。花色は紫、白などがある。

は奇妙なものに映り、後でマリラに叱られる事になろうとも。その帽子をかぶったアンの幸せな気持ちに共感できる。

「すずらん」は欧米の人々に特に愛されている花のひとつだが、アンにとっては格別だ。卒業式に出席する日、理想の恋人と思われたロイ（ロイヤル・ガードナー）からの贈り物であった「すみれ」と、ギルバートから贈られたすずらんを前に悩んだアンは、ダイアナと通った通学路にも咲いていた、懐かしいアヴォンリーの思い出につながるすずらんを選ぶ。

ローズゼラニウム。
ばらの香りがする。

ニオイゼラニウム

香りを楽しむハーブ系ゼラニウムを指す。アンの窓辺にあるものはりんごの香りの種類。村岡訳では「りんご葵」として知られる。

カナダなど北国では、街路樹や庭木としてとてもポピュラーであるが、日本では北海道以外では馴染みの薄い「ライラック」。この木はグリーン・ゲイブルズの庭にも植えられていて、その甘い香りにアンもうっとりしてしまう。

美しいものを愛し、それに名前をつけることでいっそう素敵にしようとするアンが、アヴォンリーで最初に名付けたのは、咲き誇る白いりんごの花がトンネルのように続く並木道で、歓喜の白い路（原書ではWhite Way of Delight）だ。この情景のあまりの美しさに言葉をなくすアンと同様に、モンゴメリの自然描写は読者にも伝わる。他にもアンはグリー

りんご

花は白か薄桃色。北国の春を告げる花である。桜のように満開で咲く姿が見られる。

プリンス・エドワード島の花

ン・ゲイブルズの窓辺に置かれた「ニオイゼラニウム」にも「ボニー」と名付けたりしている。このちょっと風変わりな「名前をつけること」をまねしたい気分にもなったものだ。

「ツリガネソウ」という花はどんな花だろう？　原書ではJune bellと書かれているが、これはモンゴメリの付けた呼び名で、北米ではツインフラワーの名で知られる花である。この花と「スターフラワー」は日本人にはマイナーな花で、花自身もとても小さく目立たない。しかしアンお気に入りの泉の脇に咲く、その可憐な佇《たたず》まいもまた、アンには好ましいのだった。

孤児のアンには生まれた家の思い出はなかったが、持ち前の想像力で創り出した家の客間の窓には、「すいかずら」が絡んでいる……。とても甘い良い香りのするこの花には、そんな夢を見せる魅力がある。アンはこの花を髪に飾ってその香りを楽しんだりもしている。

「メイフラワー」も読者を迷わせた花。村岡花子訳では「さんざし」と訳された。登場回数も多くアンが大好きで、この花のない国の人は可哀そうとまで言わしめている。また、

ツリガネソウ

日本ではスイカズラ科のリンネソウを指す。「メオトバナ（夫婦花）」の名もある。

スターフラワー

春に森の木陰などで小さな星型の花をつける。

プリンス・エドワード島の花

すいかずら

英名ハニーサックル。ハニーの名の通り甘い香りの花が５月から７月頃まで咲く。

ギルバートとまだ仲たがいしていた頃に、これを贈ろうとした彼を拒んだこともある。ふたりにとって思い出深い、重要な花なのだが、メイフラワーを見てみるとアンの描写とは違和感がある。これは英国圏のメイフラワーが、カナダ東部のとは違うためで、アンの言う花はTrailing Arbutus（トレイリング・アービュータス）を指し、草むらにまぎれて咲く、素朴で小さなものだった。地味なようすだが良い香りがして人々に愛されており、カナダの切手の図案にも取り上げられている。

カナダで発行された切手

メイフラワー

英国圏ではバラ科サンザシ属の花を指すが、カナダ東部ではイワナシ属の花で、高さ15センチ程の多年草。日本でも近縁種のイワナシが見られる。

イラスト＝コジマユイ　文＝小沢宗子

©Mutsumi Hagiiwa

アンをめぐる19世紀ファッション、料理、歴史までわかる

私たちの愛した赤毛のアン

CONTENTS

映画で見る「赤毛のアン」のファッション

エラ・バレンタイン主演の最新映画「赤毛のアン」。
劇中の衣装をテキストに19世紀末のファッションを見てみよう。

エプロンドレス姿で、農場の手伝いをするアン。

カントリースタイルの少女時代

物語に登場した時、アンは11歳。原作では孤児院で着せられた、飾り気のない窮屈で粗末な服の設定だが、映画では可愛らしいエプロンドレス（英語ではピナフォア・pinafore）姿。19世紀の子供服の典型的なスタイルだ。

今日でもカントリー調ファッションとして人気だが、

DVD & Blu-ray 好評発売中

映画「赤毛のアン」３部作

第1部「赤毛のアン」
第2部「赤毛のアン 初恋」
第3部「赤毛のアン 卒業」

主演　エラ・バレンタイン
監督　ジョン・ケント・ハリソン
原作　L. M. モンゴメリ
2015-2017年製作／カナダ
価格　DVD　3,900円（税抜）
Blu-ray　4,800円（税抜）
発売・販売元　ハピネット

アンがグリーン・ゲイブルズへやってくる経緯から、マシュウの死を経てギルバートと和解するまでを３部作で描いている。

※３部作を収録したコンプリートBOXも発売中！

お堅いマリラのお堅いドレス

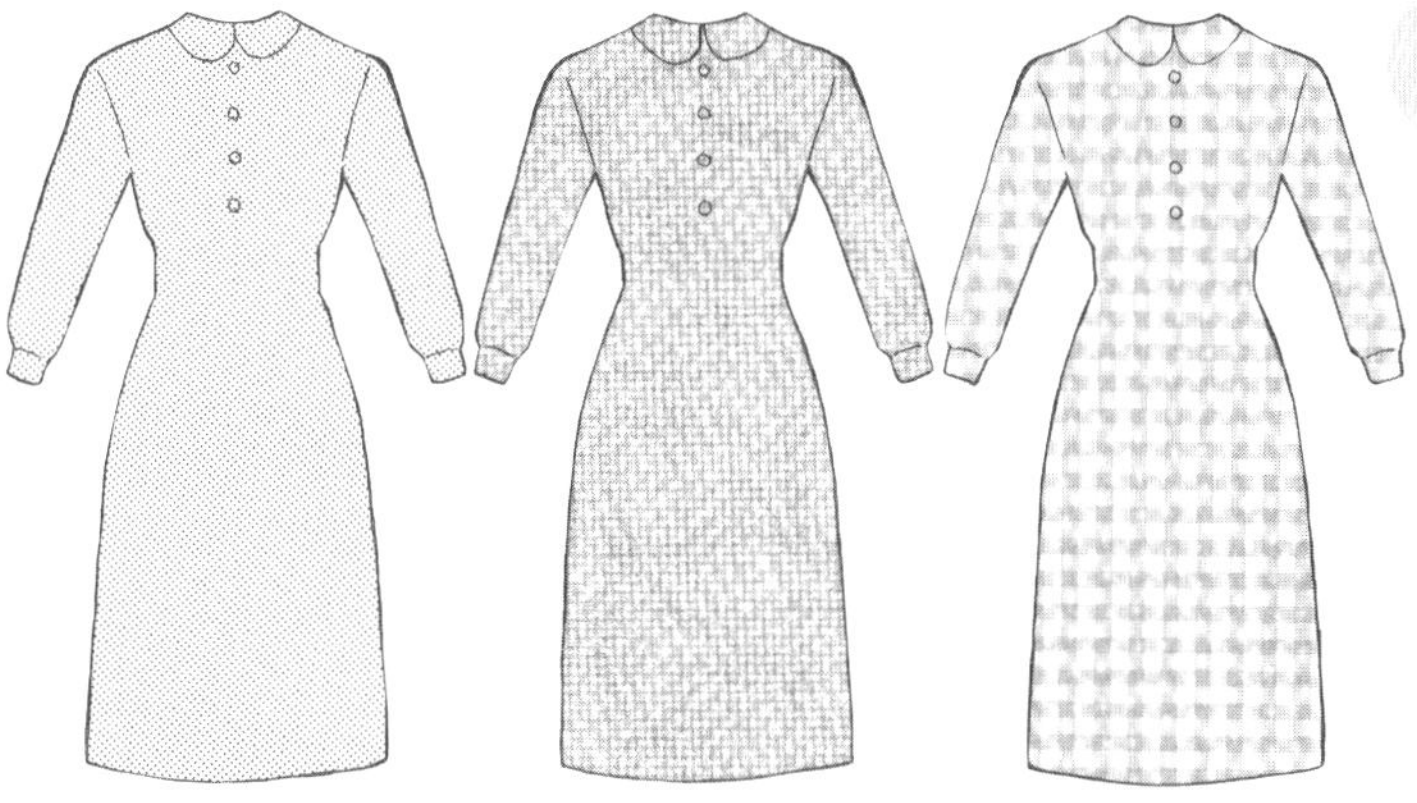

ゴワゴワの青い更紗
教会と日曜学校用

黒と白の格子縞のサテン
学校用

こげ茶色のギンガム
学校用

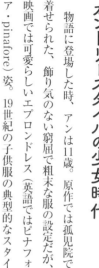

昔のエプロンドレスには現実的な事情があった。当時、普通の人々が持っていた服は少なく、洗濯も大仕事で、衣類を汚さず守るためにエプロンは必需品だった。映画のアンも日常的にエプロンドレスで過ごしている。

原作ではアンに、マリラが早速3枚の洋服を新調してくれるのだが、それは直線的で無駄のない型で生地が違うだけですべて同じ。なんの飾りもなく、きちきちに細いのだ。倹約家のマリラの人柄がうかがえるが、おしゃれにはほど遠い。せめて一着だけでも膨らんだ袖が欲しいと、お祈りまでしていたアンの失望は大きかった。細身の服は、アンの痩せた体の線が目立つ不本意なもので、何かひとつでもきれいなものを身に着けたい。その想いから日曜学校への途中、帽子に花を盛大に飾るのだった。

おしゃれに不遇なアンだったが、親友のダイアナは膨らんだ袖、たっぷり布を使いギ

奇抜な花飾りの帽子。村人のヒンシュクを買ってしまう。

アンとダイアナの出会いのシーン。普段着といえどもダイアナの洋服は袖が膨らんでいるのだ。

おしゃれなダイアナ

日曜学校のピクニックを楽しむアンとダイアナ。

白いドレスはお嬢様の証明？

ャザーを寄せたスカートなど、流行を取り入れたドレスで登場する。余裕ある中流家庭の子女の装いである。

この後も二人のドレスには立場の違いが見て取れる。映画の、ピクニックに出かける場面でも、木綿の簡素なワンピースのアンに対して、ダイアナは白い柔らかな生地で仕立てた、ギャザーやタックいっぱいのドレスだ。この時、開放的な野外でも、肌を見せないようにタイツをはいているのがお嬢様らしい。

白、というのも贅沢だった。働く層にとって白は汚れが目立つ色で、仕立て直しや染め直したものを着ることも多かったからだ。

マリラのブローチ

中に髪の毛を飾った紫水晶のブローチ。

身近な人の髪を使ったアクセサリーはメモリアル・ジュエリー、モウニング（喪）・ジュエリーと呼ばれ、お守りや思い出のために中世の頃から作られているが、特にヴィクトリア朝時代に流行した。

憧れだったきれいなドレス姿で誇らしげにコンサートに出演するアン。

膨らんだり縮んだり？風船みたいな袖

アンのファッションを語る時、絶対に外せないのが、「膨らんだ袖のドレス」だ。当時の最新流行のスタイルで、周りの女の子はみんな着ていた。けれどアンだけが違うと、ある時マシュウは気付く。

そこで、一枚くらいは人並みの格好をさせてやろうと思い立ち、密かにリンド夫人に仕立ててもらってクリスマスのプレゼントとして贈るのだ。

アンが嬉しくて夢のようだと喜ぶドレスの袖の膨ら

膨らんだ袖の

マシュウのプレゼント

原作の描写にもとづく茶色い膨らんだ袖のドレス。

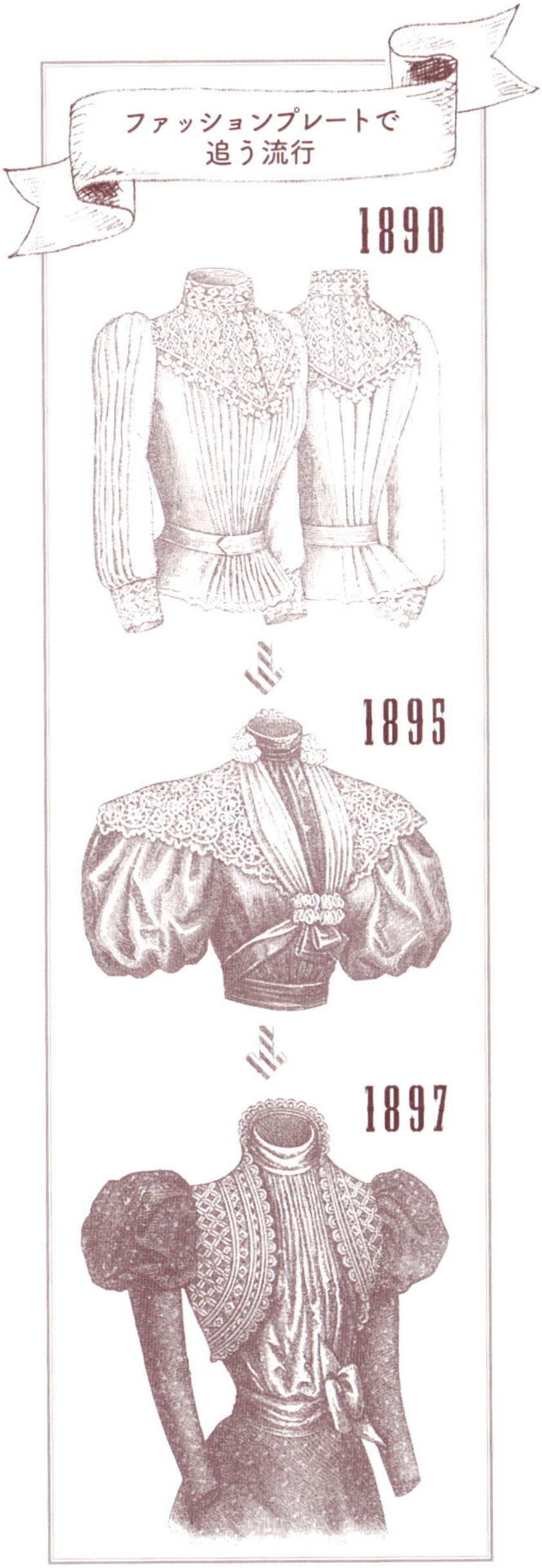

みは、映画では一つだが、原作では長い肘のカフスの上に仕切った二つの膨らみと、目にうかぶように描写されていて、使われた「グロリア絹地」の優雅な響きも相まって、読者の憧れをかきたてた。

この袖はマリラが大きくなるばかりで馬鹿げていると不満をもらしているように、１８３０年代にジゴ、レッグ・オブ・マトン（羊の足の意味）とよばれて流行し、その後一度は廃れたものが、１８９０年代なかばをピークに再流行していた。１９００年代には大きな袖は消えてゆくのだが、それまで膨れたり縮んだりを繰り返した。

流行は変化するため、アンは膨らんだ袖が流行っている間に着ることができたことを心から感謝している。

このように女性のファッションへの関心は昔も今と変わることなく、ファッションプレートや雑誌（１８６７年には『ハーパーズ・バザー』、１８９２年には『ヴォーグ』といった雑誌が創刊されている）、百貨店のカタログなどで流行をチェックしていた。

ファッションプレートとは、当時発行されていた版画のファッション画で、手彩色が施された美しいものだ。数枚をセットにして販売されたり、雑誌の付録に付けられたりして人気だった。

もう子供じゃない

クイーン学院への進学を経て、卒業するまでのアンは娘らしく変わっていく。映画ではなじみ深いおさげ髪からアップになり、ハイカラーのブラウス、襟付きジャケットを着た学生らしいファッションだ。当時の女性は17歳くらいで髪を上げ結う習慣だったが、それは成人とみなされることを意味した。そのため相応の条件や自覚が必要だったようで、原作者モンゴメリが16歳の時にアップにしようとしたところ、継母からはまだ早いと反対されたりもしている。

クイーン学院を卒業し村へ戻るアンは、アップの髪に帽子をかぶり、大人の装い。

グリーン・ゲイブルズの日常でもアップスタイルになっている。

流行のドレス着ておしゃべり

クイーン学院に在学中、学友ルビー・ギリスとジェーン・アンドリュースと共に、パーティに着るドレスの話などを語り合うアン。

大人たちの装い

男性も女性も特に既婚女性の場合、外出して人前に出る時はマナーとして帽子をかぶった。この時代より前はボンネットが決まりだったが、すでに廃れていた。

映画でもアンをダイアナに紹介するため、近所のバーリー家を訪問する時のマリラは帽子姿だ。アンの卒業式には正装したマシュウとマリラの姿も見られる。小さな村で暮らす人々は人目に敏感で、場にふさわしい、きちんとした身なりに気を遣った。

原作中では大人のおしゃれなファッションは、アラン牧師夫人の装いに細かに描写されている。赴任したての時の「袖の膨らんだ青いモスリンの服にばらの飾りの帽子」、お茶会の時には「たくさんのひだのついた、薄いピンクのオーガンジーの服」。ヴィクトリアン・スタイルの優美なファッションが想像できる。

マリラの典型的なお出掛けスタイル。小ざっぱりが信条だ。

クイーン学院の卒業式で、エイヴリー奨学金を受賞したアンの晴れ姿を、感慨深く見つめるマシュウとマリラ。

水兵帽がブーム

日本では「カンカン帽」とも呼ぶ。頭もつばもが平らなのが基本形。

19世紀後半から女性もスポーツを楽しむようになり、その流れから海やボート遊びのような水辺のファッションとして、水兵のイメージが取り入れられ流行した。

マシュウへの想いをドレスに託して

マシュウが亡くなったため進学を諦め、地元の学校の先生になったアン。「アンの青春」には初めて色物の服を着て現れたアンを見て、デイビーが驚くシーンがあることから、当時の慣習と自分自身の追悼の想いを込めて、アンはこの時期を喪服で過ごしていたとわかる。当時の服喪に関しては服の素材・色、期間について、地域差はあれど、細かい決まりがあった。黒のみ許される期間を過ぎると、半喪として白やグレー、ラベンダー、モーヴを身に着けた。きれいなものが好きなアンには辛い日々であったかもしれない。

先生になったアン

チョークを手にするアン。ひっつめ髪に喪服である。

黒いドレスの女王様

イギリスのヴィクトリア女王は夫・アルバート公を亡くした後、自身の死まで30年以上を黒い喪服で過ごしたという。この期間に女王が愛用したアクセサリーが「ジェット」。他の宝石のような煌めきはないが、独特の光沢がある。服喪のルールで華美を禁じられた女性たちにも流行した。

ジェット製のブローチ。木の化石で炭に似ている。和名は「黒玉」。

花開く　レディー・アン

18歳になったアンは先生を辞め、「アンの愛情」ではレドモンド大学への進学が描かれる。大学のあるキングスポートはアヴォンリーとうってかわって都会で、そこで出会ったフィリパはとてもおしゃれな美人。さすがのアンも自分の服装が田舎者に見えるのではないかと気後《きおく》れしてしまう……。けれどこの地で学生生活を送るうちに洗練されて、周りの人々が認める淑女になっていく。物語後半、あのフィリパにも負けたと言わせるほどである。

もうコンプレックスは忘れて

学生として大学へ通うアン。

当時流通していたファッションプレートの図版より。現代の雑誌のように発行されていた媒体で、流行は広く伝わっていた。

おしゃれを彩るものたち

付け襟

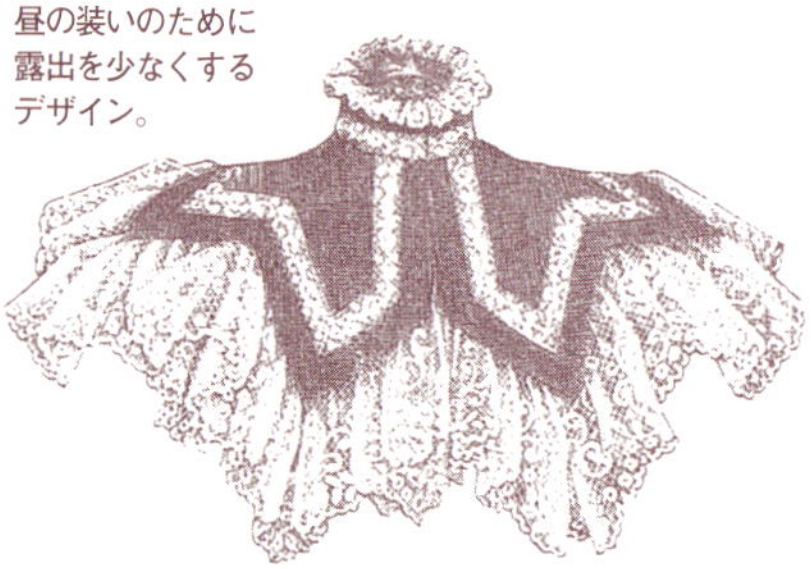
昼の装いのために
露出を少なくする
デザイン。

ドレス全体の洗濯は困難でも襟だけなら楽、仕立ての手間が簡略化できて、付け替えればドレスの印象を手軽に変えられる、などの理由で重宝された。

下着

衣服を汚れから守る目的以外に、細いウエストを作るコルセット、スカートを膨らませるペチコート、バッスルなど、ドレスのラインを作るためのものも身に着けた。

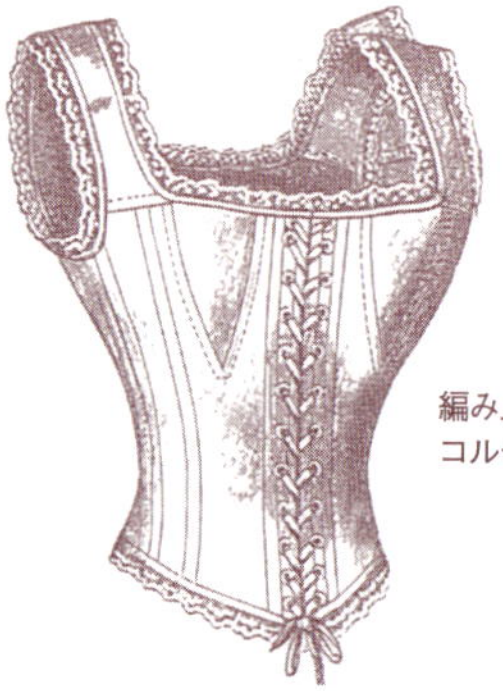
編み上げで絞れる
コルセット。

靴

右が刺繍つきサンダル、
左は布製ボタン・ブーツ。

素材は革・布が使われ、サンダル型、ブーツ型などがあり、目的によって選ばれた。つま先の形は丸くなったり三角に尖ったり時代で変化し、ヒールも高く低くと流行があった。

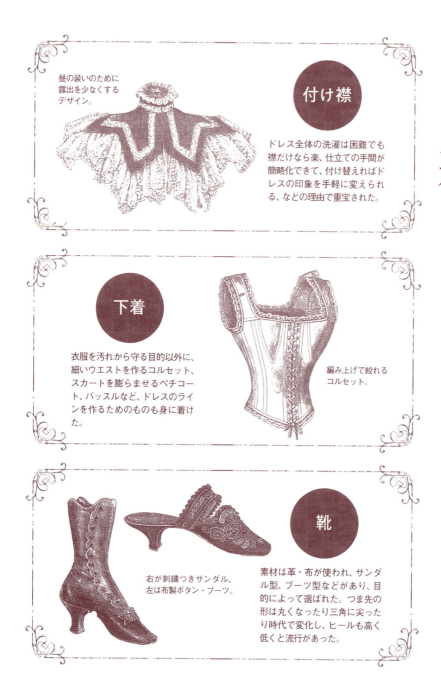

レース付き
パラソル
縁がフリル仕立ても
あった。

パラソル

日傘。レースや刺繍を惜しみなく使うおしゃれ小物。当時の幌のない馬車に乗る時に使われたことから、歩く必要のない身分を誇示するアイテムでもあった。

バッグ

特に上流夫人用のものは、物を持ち歩くためより、アクセサリーとしての役目を求められていた。そのため繊細な刺繍や高価な生地、壊れやすいビーズなどを使い贅沢に作られた。

がま口型バッグ
巾着型、筒型など
様々な型があった。

レース貼りの
扇子
骨部分には木、
象牙など。

扇子

上流夫人たちのマナーとして、物を食べる、笑う時の口元を隠す用途のほか、パーティの時などに小さなメッセージを隠しておく、振り方、開き方で特定の人に意図を伝えるような使い方もあった。

 イラスト＝流王ゆうや　文＝小沢宗子

アンの時代のドレス仕立て

服を手に入れるには生地を用意し、型紙を使い裁断し、縫うのが基本だった。ミシンの普及で既製服も作られ始めていたが、体にフィットしなくてよいスカート、マントなどに限られていた。生地は買う以外に古着市で得たり、お下がりも利用された。アンの服はマリラやリンド夫人が仕立ててくれていたが、裁縫技術の習得は必須でマリラも厳しく教えている。専業の職人もいて、女性の職の一つでもあった。

型紙

Paper Pattern

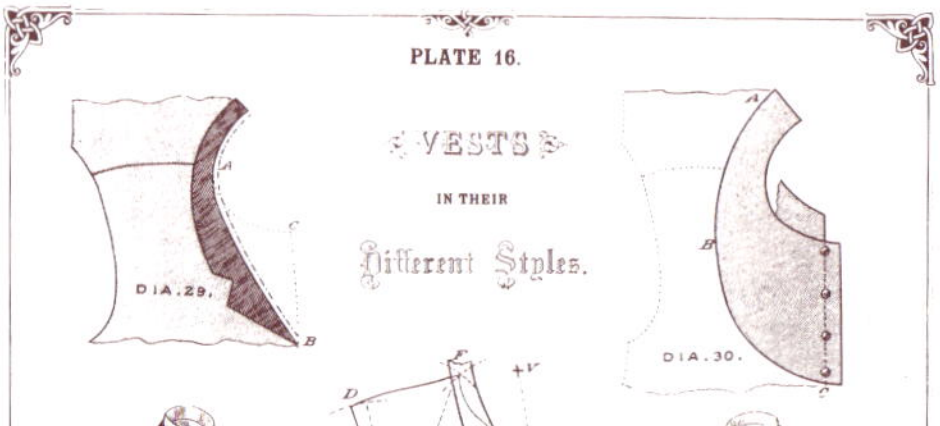

当時の雑誌付録についた型紙。

手持ちの洋服を分解して型紙とすることもあったが、雑誌の付録として出回ったものがよく利用された。知人同士の貸し借りも日常的に行われた。

Cloth 生地

綿のサテン
原作では綿しゅすと表記されている。木綿をしゅす織りした生地。しゅす織りの特徴は表面に光沢が出ることである。

ギンガム
綿の平織物。先染め糸で格子模様に織ったものがギンガムチェック。さらっとした仕上がりの夏向き生地。

モスリン
ごく細い糸の平織物。薄く柔らかい。素材により綿モスリン、ウールモスリンがあり、絹のモスリンはシフォンとも呼ばれる。

グロリア絹地
絹を素材に斜文織り（平織より強度が落ちるが光沢のでる織り方）にした生地。薄地で目がつまって仕上がる。

オーガンジー
綿、絹などの細い糸の平織物。薄く軽く、透けて見え、手触りは硬くシャリ感がある。ウエディングドレスなどによく使われている。

ベルベット
別名ビロード。絹やレーヨンを素材としたパイル（タオルのように毛足が長く出る状態）織物。柔らかく光沢がある。

Sewing Machine ミシン

初期の手回し式ミシン。

原型の誕生は時代を遡るが、実質的に世に出回ったのは1850年代からのアメリカ、シンガー社のものである。これにより衣類の工場での大量生産が始まった。手回し式、足踏み式があった。

アンとその時代 1

女性の職業と教員生活

職に就く女性は少なかった！

『赤毛のアン』の時代設定は1880年代から1890年代前半。いまだ女性の社会進出には障壁が多く、家業の手伝いを除けば、女性たちの就ける職業は看護師か家政婦、雑貨屋の店番、お針子、学校の教員などに限られていた。

アンは学校の教師になる道を選択したが、ここでいう学校は6歳前後から16歳前後の子供を対象としたもので、日本における小学校と中学校を一体化させた初等学校といえる。

教員になるためには各町にある教員養成学校に通い、資格を取得する必要があったが、教員免許には1級と2級、3級の3種類があった。

入学試験にも3級免状を目指す者を対象としたジュニア、1年目コース希望者を対象としたシニア、2年目コースを対象としたアドバンスの3段階があり、本来は2年かけて学ぶ内容を1年で消化するアドバンスに入るにはシニアの入学試験科目すべてで50点以上を取って合格したうえ、入学後の計算の試験にも合格しなければならなかった。これに合格して1年で晴れて卒業となれば1級免状が得られたのであって、少しでも早く職に就きたかったアンは必死の勉強の甲斐あって、何とかクイーン学院で免状を取得することに成功する。級によって給与が違うのだから、学ぶ側も真剣にならざるをえなかったのだ。

元来、欧米社会では初等教育を施すのは教会の役割で、カナダ東海岸のセント・ローレンス湾に浮かぶプリンス・エドワード島も例外ではなかったが、連邦政府により1852年に無料学校法が制定され、1855年に最初の教員養成学校が開設されたのに続き、1877年には初等教育が完全に政府の管理下へ移行されることとなった。

これだけ長く時間がかかった背景としては教会の抵抗に加え、聖職者ではない教員の養成が一朝一夕にはいかなかったことが挙げられる。アンの育ったアヴォンリーのような片田舎の村にも最低一つは初等教育の学校を設けることが義務化されたのだが、そのために

アンとその時代 1

は男性だけではとても足りず、女性も登用する必要が生じた。つまり、女性たちの主張に押し切られたわけではなく、政教分離の観点から必要に迫られ、上から改革が推進されたのだった。

16歳で教員となったアンは大学進学のため一時期教壇を去りながら、22歳で校長にまでなるが、女性の社会的地位の低い当時であれば、外で働く女性も結婚とともに退職し、家庭に専念するのが当然と考えられていた。プリンス・エドワード島において成人女性に普通選挙権、すなわち選挙権と被選挙権の両方が認められたのが1922年という事実からも、当時における女性の社会的地位がいかほどであったか推し量れるというものだ。

19世紀末のプリンス・エドワード島では農業と漁業が二大産業で、アンを育ててくれたクスバート家は農家を営んでいた。農家であれば少女といえども学校に通うかたわら家業の手伝いをするのは当然の務めだった。中でも牛の乳しぼりや家畜の水と餌やり、鶏の卵集め、薪運び、井戸水の汲み上げ、洗面水の入れ替え、ランプの掃除などは、安息日である日曜日であっても欠かすわけにはいかない女性の仕事であった。

アンとその時代 1

激務だった教員生活

多様な教科と下宿

教員の給料には地域差もあれば、何級免状を取得しているか、さらには男女による差もあり、同じ仕事をこなしながら女性教員の給与は男性の三分の二というのが普通だった。

アンは1級の免状を取得していたから女性教員のなかでは高給取りに数えられる。しかし勤務地が自宅から遠く離れていれば下宿生活となった。女性の下宿代は男性より低く設定されてはいたが、それでも貯蓄できるほどではなかった。なので押し掛け下宿といって、生徒の家に間借りをさせてもらい、一週間くらいを目安に転々とする者もいた。

小中を一体化させたような学校は校区という3～4マイル内の中心に設けられ、校舎の敷地として最低半エーカー（約2000平方メートル）を確保すべしと義務づけられていた。人口の少ないプリンス・エドワード島では一つの校舎に40～50人の生徒からなる1クラス、すなわちワンルームクラスというのが普通で、学年は年齢ではなく、学習到達度により区分されていた。

6歳前後から16歳前後の生徒が一つの教室にいて、教員は彼らすべてを相手にしなければならなかったのだから大変である。そのためクラスを二つに分け、いっぽうに授業を施しているあいだ、もういっぽうに自習をさせるとか、算数や読み書きのような科目であれば、高学年の生徒に低学年の指導を任せることもよく行なわれていた。

授業は1～6月と7～12月の二期制で、農家の子供たちを考慮して農作業の繁忙期である5月と10月には3週間ずつの休暇があった。授業時間は5～9月が午前9時から午後4時まで、10～4月が午前10時から午

アンとその時代1

後3時までで、午前と午後に各10分の休憩があり、1時間の昼休みには一度帰宅する生徒もいれば弁当を食べる生徒もいた。弁当の中身はバター付きのパンやサンドイッチ、リンゴ、牛乳などで、弁当を用意できない生徒がいれば、仲良く分け合う習慣ができていた。教員もやはり弁当持参で、中身も変わらなかったはずである。

授業科目は非常に多く、低学年では読み方、綴り方、ペン習字、文法、算数、地理、歴史、化学、絵画、音楽、体操などが必修で、高学年で進学を希望する生徒はラテン語、フランス語、代数学、幾何学を学ぶことができたが、それらの科目をすべて一人で教えなくてはならない教員は大変である。ただでさえレベルのまったく違う生徒たちが相手なのだ。

ワンルームクラスの生徒数を40~50人としたが、これはあくまで定員であって、席がすべて埋まる日は珍しかった。田舎であれば子供も重要な労働力であるため、農繁期以外でも家業の手伝いをしなければならない日、道のぬかるみや凍結で登校不可能な日も出てくるので、最低限登校しなければならない日数も低めに設定されていた。

とはいえ、教員のほうは何があろうと休むことはできず、毎日が激務であったことに変わりはない。

そんな教員の任免権や学校の運営を委託されていたのは、各校区で選出された3人の理事で、州政府から分配された予算を使って教員への給与の支払いや学校設備の修繕などを行うのが彼らの役目だった。

また決定的な人事権を握っていたのは一年に一度か二度まわってくる視学官という役人で、彼らの厳しい審査を乗り越えないことには、より待遇のよい学校への転任はおろか、それまでの任地に留まることもできなかった。原則として定期異動や定年はなく、自主的に退職する場合を除けば、教員の運命は一に視学官、二に理事の手中に握られていたのだった。

猛勉強した果てにようやく得た職がそれでは割に合わないようにも思えるが、当人の努力の結晶ということで、教員は地域社会においては十分敬意を払われ、茶話会があれば必ず招待される立場にあった。

一方の生徒たちは年間を通じてさまざまなイベントに遊び興じた。夏のピクニックや花火も楽しいが、なかでも一番の楽しみは競馬や占い、展示即売会などの盛り込まれた共進会という名の祭りだった。

イラスト=コジマユイ　文=島崎 晋

漫画で読むアンの名シーン

人気者のギルバートに興味を示さないアン。ギルバートはアンの気を引きたくて「にんじん!にんじん!」と呼んでしまう。

いがらしゆみこ

『キャンディ♥キャンディ』、『メイミー・エンジェル』など19世紀末から20世紀初頭を舞台にしたカントリーな少女たちの物語を描かせたら天下一品のいがらしゆみこ。『赤毛のアン』の世界を3巻でまとめている。アンとダイアナのコンビの可愛らしさ、衣装の豪華さ、感動を呼ぶコマの演出など、少女漫画の王道をいく仕上がり。情景や自然の描写も細やかで物語の世界観へ気持ちよく誘ってくれる。

今読むなら!

『赤毛のアン』が3巻、『アンの青春』『アンの愛情』を含めて5巻シリーズ。電子書籍で配信中。
出版社:くもん出版・ユミコミックス

Kindle, Kindle-Unlimited, 楽天Kobo, Reader Store, ブックパス読み放題, ebookjapan, iBooks, BookLive!, docomo dブック, ブック放題

ダイアナの親戚と一緒に音楽会に出かけるアン。可愛い服は持っていないが、
ダイアナと髪を結いあって精一杯のおしゃれをする。

音楽会の夜、ダイアナのうちの客用寝室でのお泊まりを許されたアン。
夜の興奮と夢にまで見た客用寝室にダイアナとはしゃいでベッドに飛び乗ってしまう。

バーリー家に集まった女子たち。いつもの命令遊びが始まり、
ジョシー・パイの意地悪で屋根の棟を歩く度胸を試されることになったアン。

アンは、結局、屋根から転落しカカトの骨を砕いて重傷を負う。
学校を休んでいる間に毎日のようにお見舞いの友人が訪れて幸福を味わう。

アーサー王の物語、エレーン姫が船底に身を横たえて川を下るシーンを演じるアンたち。
しかし、舟には穴が空いており……。

舟を脱出して橋桁につかまったアンだが、つかまっているのももう限界だった。
そのピンチのとき現れたのは舟を漕いでくるギルバートだった。

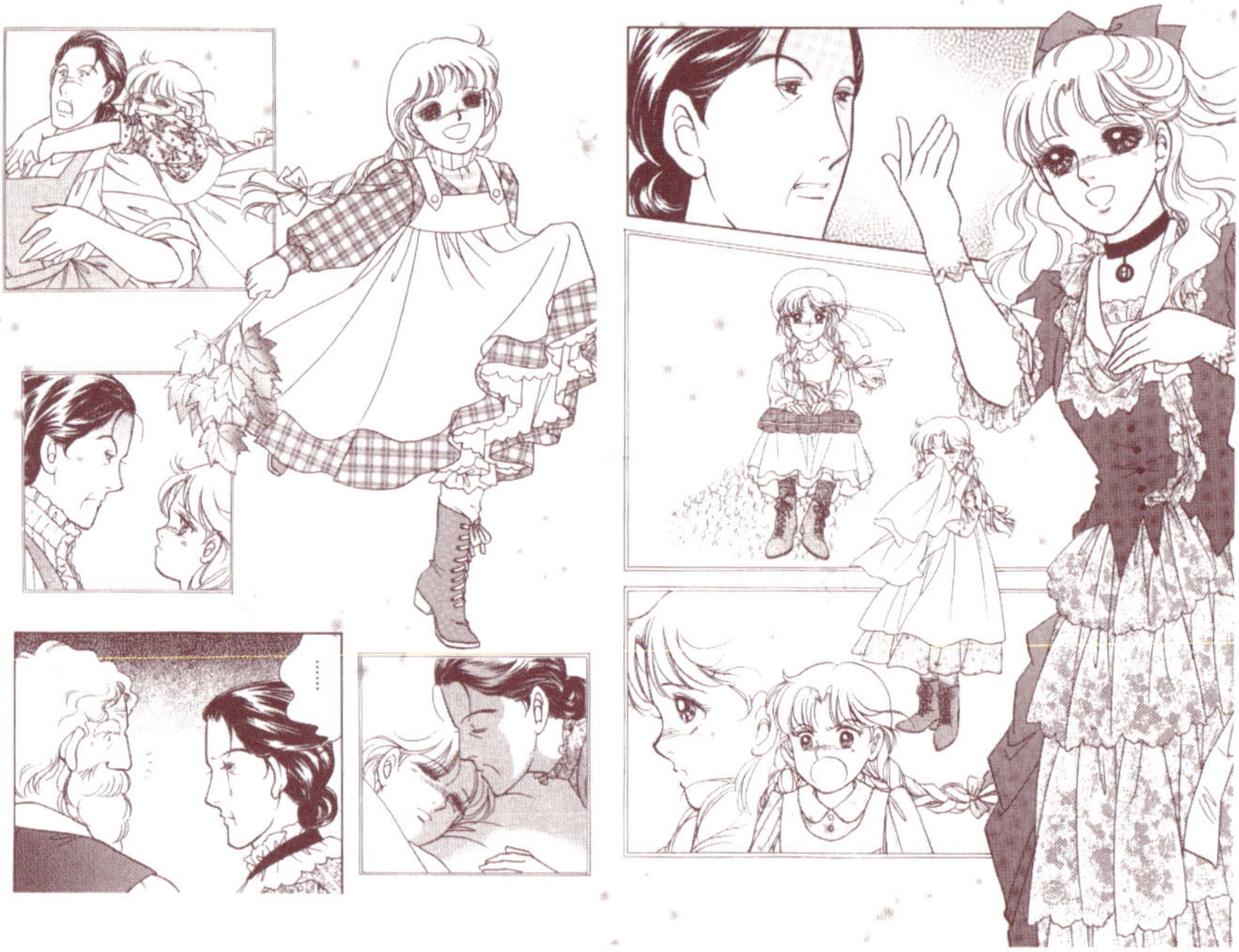

ホワイト・サンド・ホテルでの慈善イベントで詩を暗誦したアン。ホテルに来られなかったマシュウとマリラのためにアンは二人の前で詩を披露する。マリラは、アンとの思い出に涙が止まらない。

マシュウは、アンを引き取って初めて人生の喜びを味わうことができた。

最初の出会いの時からわかり合えたマシュウとアン。

アベイ銀行の倒産の記事を読んで心臓発作を起こして亡くなったマシュウ。アンとマリラの悲しみは深い。

「男の子が欲しかった」という事実が判明して絶望のまま眠った翌朝、窓の外に咲く桜の花に感動するアン。

まつざきあけみ

王道少女漫画誌『週刊マーガレット』でデビューし、本格的なホラー、耽美的なBL『リセアン』『白い鎮魂歌』など多彩な作風を持つ。緻密で美しい絵には定評がある。名作小説を漫画化した学研のハイコミック名作で『赤毛のアン』を担当した。本作では、ギャグのセンス、美少年、美しい情景描写など得意なジャンルが生かされ、原作に脚色を加えている部分はあるものの、まつざきあけみらしい作品に仕上がっている。巻頭に懐かしい2色刷りのページが付いている。

今は読めない……!

絶版しており古本で購入するしかない激レア作品となっている。

1985年8月1日発行
出版社：株式会社　学習研究社

マリラの母の形見である、紫水晶のブローチが紛失してアンを疑うマリラ。本当のことを言わないと、楽しみにしていた日曜学校のピクニックに行かさないと言われ、アンは、お話を創作する。

ブローチが見つかりアンが嘘の告白をしたことを悟ったマリラは、素直に謝り、アンをピクニックに送り出す。

留守中にダイアナを家に招いてもいいとアンに伝えるマリラ。
アンは大張り切りでダイアナをもてなす。

ダイアナにいちご水をすすめたあと様子がおかしくなり、せっかくのお茶会の途中でダイアナは帰宅してしまう。
酔っ払っていたことがわかりバーリー夫人は激怒して、アンとの交際を禁止するのだった。

アンを気に入った大金持ちのジョセフィン・バーリーは、アンとダイアナをシャーロット・タウンの自宅に招く。ずっと空想していたビロードの絨毯や絹のカーテンがある豪華な屋敷に滞在して町の暮らしを満喫する。

共進会では手芸と馬と花を楽しみ、競馬では大興奮。リンド夫人は手製のバターとチーズで一等を取り、アンも鼻が高い。しかし一番嬉しいことは「我が家に帰る」ことだった。

アンの成長と子供だったアンの喪失を複雑な思いで噛みしめるマリラ。

杉本啓子

70年代から『週刊少女フレンド』を中心に活躍し、心に抱えた闇を捉える幻想的な作品を描く。代表作『空中庭園』のほか、『人形の呼ぶ声』は短編ホラーの傑作と名高い。本作は名作漫画として講談社から1983年に発行された。内面描写が深く、マシュウ、マリラ、アンの心のひだが丁寧に描かれている。全3巻で、「アンの青春」までのエピソードが収められている。先生になり女性として成長するアンが美しい。

ここで読める!

『赤毛のアン』1〜3巻
「まんが王国」掲載
https://comic.k-manga.jp/

アヴォンリー小学校の教師として着任する初日、アンはガチガチに緊張してしまうのだった。わずか16歳のアン。

すらりと美しい木の精を思わせるアンは、ギルバートが心に決めた理想の女性。
二人は、お互いに高め合う友人として、教師の時代を一緒に過ごす。

迷子になって偶然見つけたロマンチックな山彦荘。そこには美しいミス・ラベンダーと
風変わりなお手伝いさん、シャーロッタ4世が暮らしていた。

娘時代に喧嘩別れした恋人アービングさんと再会し、めでたく結婚することになったミス・ラベンダー。
結婚式の日は心に残る美しい祝福の日となった。

Prince Edward Island

アンと村の生活

物語に登場する
印象的な建物のイラストを中心に、
その生活とエピソードを綴る。
プリンス・エドワード島のアヴォンリー村などの
カントリーな生活が
イラストで甦る。

アヴォンリー村の地図

イラスト　コジマユイ

©Tourism PEI / John Sylvester

アン・オブ・グリーン・ゲイブルズ博物館。アヴォンリー村のモデルであるプリンス・エドワード島キャベンディシュ村のモンゴメリの叔母さんの家は、現在モンゴメリゆかりの地として博物館となっている。家の前にあるのは、「輝きの湖」のモデルとなった池。

我が家だとアンが一目でわかったグリーン・ゲイブルズ

Green Gables

女の子が駅で待っていた手違いに驚くマシュウ。馬車で家に向かっている時、アンは丘の上から一目でグリーン・ゲイブルズを言い当てる。アンが孤児院でずっと夢見ていた我が家、それがまさに切り妻屋根（ゲイブルズ）だった。

切り妻とは、屋根の頂部から山のように二つの面が傾斜している造りの屋根のことで、グリーン・ゲイブルズの特徴的な三角屋根がそれだ。屋根全体または屋根の縁だけでも緑に塗られていればグリーン・ゲイブルズといわれる。

アヴォンリー村の家は、全部同じ種子から生まれたように同じ造りの木造家ばかりだと「アンの青春」に記述がある通り、切り妻屋根の同じような構造の家が並ぶ中、遠くの丘からアンは直感的にクスバート家がわかったのだ。

グリーン・ゲイブルズは、少し奥まった木立に囲まれた家。もともと木というものを熱烈に愛していたアンにとっては、運命的な家だった。桜にりんごの木、白樺、楓、ロンバルディ・ポプラ、ヤナギ、モミの木、松の木……。学生時代のパティの家、教師時代の柳風荘、結婚後の夢の家、炉辺荘とどこに移り住んでも、必ずアンを木々が包んでいた。

グリーン・ゲイブルズのモデルとなったとされるモンゴメリの母方のいとこのマクニール家がグリーン・ゲイブルズとして公開されている。手前はアンの時代に使用されていた幌付きの馬車。

©Canadian Tourism Commission

グリーン・ゲイブルズの玄関の上が、アンの部屋だった。満開の桜が窓近くまで枝を差し出しており、アンは「スノークイーン」と名前をつけた。

喜びや悲しみ……少女時代のすべてが染み込んだアンの部屋

Anne's Room

グリーン・ゲイブルズのアンの部屋。ヴィクトリアンな壁紙にアンティークな家具。アンの娘時代の満ち足りた様子がうかがえる。

©Robert Linsdell

手違いを知らされ絶望で泣きながら眠った最初の夜。アンの目に映ったのは、目に痛いほどの白い壁とむき出しの床、黄色い硬そうな椅子、装飾が一つもなく清潔すぎて冷たい誰も使っていない部屋だった。しかし翌朝、目覚めてからの外の眺めに「何もかも想像以上に美しい」と活力を取り戻し、アンの部屋は色彩を持ち始める。クスバート家に引き取られてから、ここは彼女の青春の舞台となった。

少女時代は数々の失敗に涙し、クイーン学院に合格した日は、自分の未来と幸福に満たされ、そして、ギルバートが死の淵を彷徨《さまよ》っていると聞かされた夜、神に祈ったのもこの部屋だ。

引き取られて5年が過ぎ、アンが、ホワイト・サンド・ホテルの音楽会に出演するために、ダイアナと支度をしている部屋の様子は本当に楽しげだ。床には、マリラの手製の綺麗な敷物が敷かれ、りんごの花模様の壁紙が貼ってあり、アラン夫人から贈られた絵も部屋を彩っている。ステイシー先生の写真、そして窓辺にはいつもかぐわしい香りを放つ旬の花が活けられている。化粧机に柳細工の揺り椅子、マシュウとマリラが作ってくれた美しい衣装がたくさん入ったクローゼットなど、贅沢とはいえないが温もりのある部屋にアンは誇らしさを感じるのだ。

むき出しの床や飾りのない壁、黄色い硬い椅子。少しずつ飾り付けられていったものの、最初は、マシュウとマリラの寂しい生活を象徴するような部屋だった。

マシュウがアンのおしゃべりを聞き、マリラがパイやケーキを焼いた台所

Kitchen

©MAKOTO12 / PIXTA

グリーン・ゲーブルズ・ミュージアムに再現されている台所。ストーブも当時のものが置かれている。

日本でもかつてはそうであったが、日常の出入りは台所の勝手口が使われた。グリーン・ゲイブルズも同じでリンド夫人が、馬車に乗って出かけるマシュウを見てどこに行ったか知るためにマリラを訪ねた時も台所から入りお茶をしながら話した。

台所は、パントリー（配膳室）とドアでつながっており、料理の下ごしらえや盛り付け、ケーキの装飾などができた。ほかに、作り置きの料理や塩漬け肉、ジャム、ピクルスのような瓶詰の保存食を保管する食料室もあった。クスリやお酒など滅多に使わないものもすべて綺麗にラベリングされ仕舞われている。クスバート家は、地下にもじゃがいもやりんごなどを置いておく貯蔵庫も備えていた。

そして、心臓の悪いマシュウが階段を上り下りしなくてよいように、寝室は、台所の横。食事を終えて時にはゆっくりタバコを吸いながらアンの話を聞いて、マシュウは寝室に引き上げる。アンが来てからは、階段をこっそり上りアンの様子をドア越しにうかがうこともしばしばだったのだが。また、裏口からは家畜のいる納屋が近く、そこから出入りして牛の乳搾りなど世話をしていた。マリラとアンは裏庭に出て、夕涼みをしながらホタルを眺めるのが好きだった。

パントリー。右手の棚にはバラを散らした客用食器が並べられていた。左手の調理台でサラダを作ったり料理の下準備をしていた。

全学年でひとクラス
教師としても教えた村の学校

School

アヴォンリー村の学校は、アンの青春そのもの。小学校時代は、ギルバートの頭に石盤を振り下ろす事件も起こしたが、マシュウを喜ばせたいという強い願いと向学心で懸命に勉強した。最初に教えを受けたのは、フィリップス先生。最年長のプリシー・アンドリュースの気を惹こうと、特別扱いする嫌な先生として描かれるが、次に赴任したステイシー先生は、アンが心から尊敬する先生として、大きな影響を与える。

金髪の巻き毛に大きな膨らんだ袖のドレスを着ているおしゃれで素敵な先生なのだ。しかも、アンを呼ぶ時ちゃんと「e」をつけて呼んでくれる。野外授業で自然観察をして研究レポートを書かせたり、朝夕消化を促進するために体操をさせたり、とても進歩的な先生でもあった。中でもクリスマスの晩に音楽会を催しその収益で学校の校旗を作る計画に、生徒たちは興奮して取り組んだ。クイーン学院受験のための特別授業も厳しくみんなを鍛え、受験した生徒は見事合格するのだった。

マシュウの死後、アンはアヴォンリー小学校の先生となる。体罰を嫌い、決して鞭で生徒を従わせることはしないと宣言するものの、とうとうたった一度だけ、反抗的なアンソニー・パイを叩いてしまう。しかしアンソニー・パイは、ぶたれたことによりアンを尊敬するという皮肉な結末となった。心に美しい詩を持っているポール・アーヴィングや無邪気な子供たちを教えることで、心豊かになるアンだった。

机は蓋をあけると物入れになっており、交換用のカードや切り抜きやキャンディーなど、子供たちは色々なものをこっそり入れていた。今も昔も変わらないのだ。

教会は村の生活の中心となるものだった。毎日の生活も信仰に深く左右されており、感情を露わにすると、神様に不敬になるのではないかと畏れていた。アンが、きんぽうげと野ばらを帽子に飾って向かったアヴォンリーの教会。

キリスト教の形式的な厳しい教えに馴染めなかったアン

The Church

孤児だったアンは、宗教とは無縁の子供だった。毎日朝から晩まで働かされ、寝る前のお祈りの時間などなかった。信心深いマリラに引き取られると、日曜学校で教義の勉強、宗教教育が始まるのだが、自由な空想の世界にいるアンは、形式的な心のこもらない牧師の説教には気持ちが惹かれない。

しかしアヴォンリー村に18年間も務めたベントレー牧師が退職すると、後任としてきたのが、アラン牧師夫妻だ。新婚ホヤホヤの夫婦で高い理想を持ち、心からの祈りを捧げる人物だった。アンは敏感に牧師夫妻の信仰の深さを感じ取り好きになるが、何より気に入ったのは、アラン夫人の見た目の良さと最新流行の洋服、笑うとできるえくぼだ。アンの弾丸のような質問攻めにも嫌な顔一つせず答えてくれる優しさもあった。

アンが大失敗したグリーン・ゲイブルズのお茶会のあと、アラン夫人はアンを牧師館のお茶会に招いて、二人で心を開いて話をする。アンは今までの境遇を話し、幾何が苦手なことも話して、アンとアラン夫人は腹心の友になる。

グリーン・ゲイブルズに初めてきた夜、お祈りをしたことがないとマリラに話したアン。最初にしたお祈りは、「大人になったら美人にしてください」。しかしマリラの教育とアラン牧師夫妻の導きのもと、純真な心と高い意識を持つ賢い女性へとアンは成長していった。

©Tourism PEI / John Sylvester

プリンス・エドワード島にはケンジントン駅という1905年開業の古い廃業した駅舎があり、ブライト・リバー駅のモデルとして観光客が訪れる。

©Tristan in Ottawa

最新作の映画『赤毛のアン』三部作では、エルマイラ駅を舞台として撮影が行われ、ブライト・リバー駅のモデル駅はこれで2つとなった。

物語の出発点となるブライト・リバー駅

Bright River

マシュウが、貰い受ける孤児を迎えに行ったのが、ブライト・リバー駅。スペンサー夫人が女の子を引き取るついでに、クスバート家の子供も一緒に連れてきてくれたのだ。スペンサー夫人は、自宅のある次の駅のホワイト・サンド駅に行くので、ブライト・リバー駅でアンだけを降ろして立ち去っていた。ブライト・リバー駅は、アンがしばしば利用するカーモディ駅より大きな駅で、マシュウは駅前の宿屋に馬車を停めて駅に歩いて向かう。

そして、次にブライト・リバー駅が出てくるのは、プリンス・エドワード島を出て、ノヴァ・スコシアのキングスポートにあるレドモンド大学に入学する時だ。降りしきる雨の中、グリーン・ゲイブルズを出発したアンは、ブライト・リバー駅でダイアナに別れを告げ、ギルバートとチャーリー・スローンとともに汽船連絡列車に乗ったのだった。シャーロット・タウン港からは船に乗り、愛してやまない島を出て、新天地レドモンド大学へ踏み出すアンたち。

ブライト・リバー駅は、常に出発の地であり、アンにとっては幸福の駅ともなっている。

ブライト・リバー駅でマシュウをじっと待つアン。古絨毯の生地で作ったバッグ一つがアンの全財産だった。

ダイアナのお父さんの伯母さん、シャーロット・タウンに住むミス・ジョセフィン・バーリーのぶなの木屋敷。大豪邸に住む裕福なオールド・ミスで、自分にメリットがある人物としか付き合わないクセのある女性だったが、アンと出会ってアンを娘のように愛するようになる。

客用寝室に泊まりたいという強い憧れを熱く語っていたアンをジョセフィン伯母さんは自宅に招く。アンは、その豪華な内装や調度品に喜びを感じ、シャーロット・タウンで夢のような時間を過ごす。

街道から少し森の方へ入ったところにある山彦荘。鬱蒼とした木立の下には、苔が生えしんと静まり返った暗い小道に、ところどころ木漏れ日が射している。そこを抜けるとアヴォンリーでは見かけない石の家が現れた。紅葉したツタの絡まった可愛い家に、アンとダイアナは感嘆の声をあげるのだった。

魔法のような家に住んでいたミス・ラベンダーとシャーロッタ4世

鬱蒼とした木々に囲まれた細い道を辿った先にある石造りの小さな家。魔法の家のような佇まいの家のドアをアンとダイアナが叩いてみると、そこには美味しそうなご馳走が盛られたティー・テーブルがあった。なんともおとぎ話のような始まりで登場する山彦荘は、庭の石のベンチの上に立ち角笛を吹くと、四方八方から「こだま」が返ってくるファンタジーを感じる家。女主人は、雪のような白い髪、褐色の目の45歳のミス・ラベンダー。彼女に仕えているのがシャーロッタ4世だ。ボーマン家の姉妹で代々ミス・ラベンダーのお手伝いさんを受け継ぎ4代目にあたるという設定なのだ。

山彦荘にある庭の石のベンチ。その上に立ち、角笛を吹いたり、大声で笑うと、川向こうの森から鈴のような無数のこだまが返ってくる。寂しい暮らしをしていたミス・ラベンダーは、いつもこだまを友として会話をしていた。

空想が好きでユーモアがある若々しいラベンダー夫人が、来客の予定もないのに用意した6人分のお茶会に、アンとダイアナは招かれる。お茶会のメニューは、当時のご馳走である鶏料理にスポンジ・ケーキ、ドーナッツに焼きたてのビスケット。シダで飾られたテーブルはとても美しい。山彦荘にアンが遊びに行くと、ミス・ラベンダーとシャーロッタ4世は、どっさり美味しいものを作って歓待してくれる。アンとミス・ラベンダーで作ったキャンディ、ポールと一緒に食べたいちごクリームも楽しい思い出だ。ここでは食べ過ぎもオーケー、甘いものも好きなだけ食べられる。

山彦荘と同様に現実離れしているのは、シャーロッタ4世も同じ。とびきり大きな青いリボンを三つ編みにぶら下げて、皿をうっかり割ったり、お茶を煮詰め過ぎたりしながら、崇拝するミス・ラベンダーのお世話を甲斐甲斐しく焼いているのだ。

人里離れたところにひっそりと立つ石の家と麗しの住人。四方から返ってくる「こだま」とともにロマンティックな余韻を残すのが山彦荘だ。

右の四日垣《よつめがき》のアーチ門は、隣家グレイソン家との境の木戸。グレイソン家の曾孫エリザベスとアンは同類として様々な空想を巡らせ二人の時間を楽しんだ。二人で作る『妖精の国』の地図は童話のように美しい。

校長として町の権力者と戦い 婚約者ギルバートと文通した 塔の部屋の3年間

レドモンド大学を卒業し、ギルバートと婚約したアンは、ギルバートが医者になるための課程を修了するまでの3年間、サマーサイド中学校の校長として赴任することになる。アヴォンリーを離れてリンド夫人と下宿探しをしている時に出会ったのが、柳風荘だ。地元の名士マコンバー船長の未亡人ケイトおばさんとチャティおばさん、家政を切り盛りするレベッカ・デューが暮らす家だ。

そこは、通りから幽霊小路と呼ばれる横丁に入り港に向かう下り坂を下りていくと、片側だけに三軒の家が並んでいる。一番奥が、家の周囲に柳が植えられている「柳風荘（ウィンディ・ウィローズ）」。庭

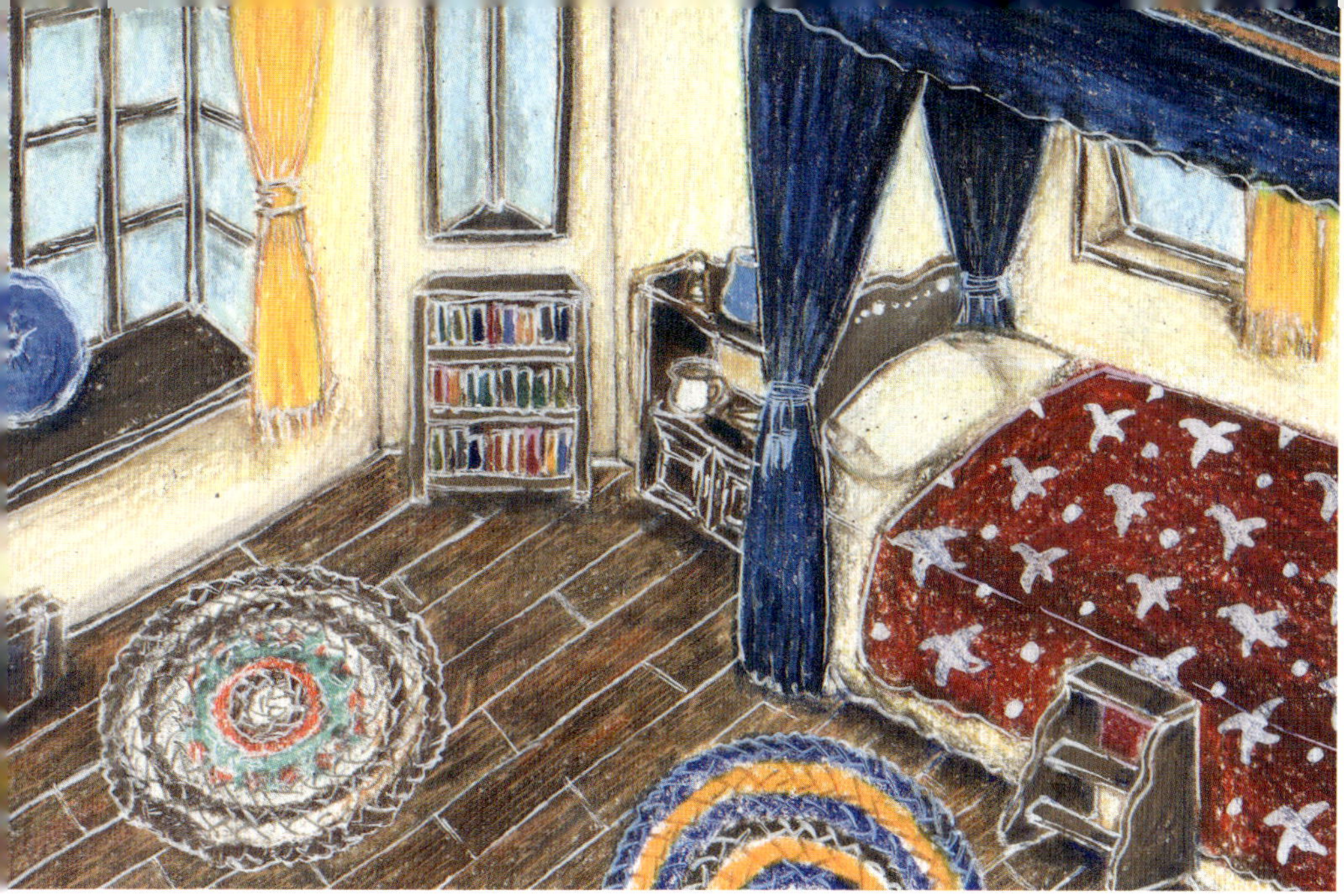

塔の部屋は、ケイトおばさんの船長だった夫が外国で買い求めた、異国テイストの家具が並ぶ部屋。天蓋付きのベッドは階段を上らなければ辿り着けない腰高のもの。食器棚や本箱なども置かれている。この気持ちの良い部屋でアンは充実した校長時代を過ごした。

の花壇には、リボン草、オニユリ、よもぎ、アメリカなでしこ、芍薬、バラなどが植わっている。

玄関の厳《いか》しい二重扉は、特別な客でもない限りは開くことはなく、長く動かしてないため開けるのも大仕事という具合だ。アンは、「塔の部屋」を使ってよいと言われ、その「塔の部屋」という響きにゾクゾクッとするのだった。部屋には3つの窓があり、そこからは、古い墓地や海岸を見晴らすことができる。そして道の向こう側にはアンが愛してやまない樺と楓の並木！

この部屋の出窓部分の腰掛はアンの指定席。学校行事の支度をしたり、ギルバートに手紙を書いたり、風の音に耳を傾けながらゆったりと過ごすのだ。

サマーサイドは、プリンス・エドワード島でシャーロット・タウンに次ぐ大きな町。港町として栄え、19世紀に建てられた豪邸が今もなお数多く残っている。

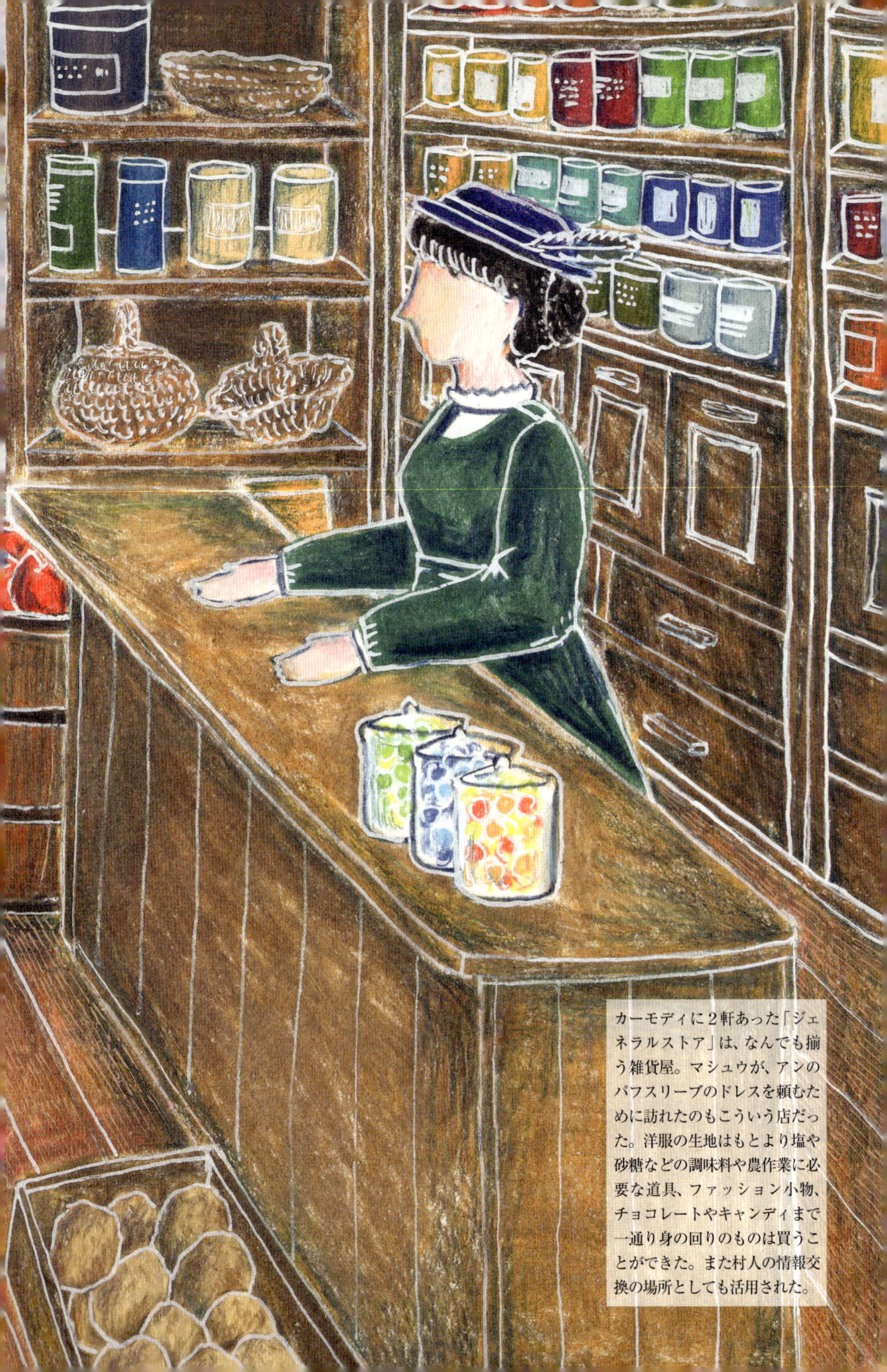

カーモディに２軒あった「ジェネラルストア」は、なんでも揃う雑貨屋。マシュウが、アンのパフスリーブのドレスを頼むために訪れたのもこういう店だった。洋服の生地はもとより塩や砂糖などの調味料や農作業に必要な道具、ファッション小物、チョコレートやキャンディまで一通り身の回りのものは買うことができた。また村人の情報交換の場所としても活用された。

愛すべき名シーン

**マシュウと通った
りんごの花が咲き乱れる
白い並木道**

マシュウに連れられてブライト・リバー駅から馬車でグリーン・ゲイブルズへ。咲き乱れるりんごの花の並木道の美しさに、喋り通しだったアンは黙り込む。

アンとダイアナの友情の誓い

ずっと心に描いていた「腹心の友」。ダイアナに出会い「腹心の友」であると直感したアンは、バーリー家の庭で花壇に囲まれた小道を川に見立てて、友情の誓いを交わすのだった。

可愛い！素敵！
懐かしい！

Book Cover
アンの表紙

少女時代にこよなく愛したアンの一冊というのが、
ファンにはあるのではないだろうか。イラストが可愛い、訳が読みやすい、
定番本だからなど選ぶ理由は様々だ。気になる表紙の本を紹介する。

「赤毛のアン」（1978年発行）ポプラ社
モンゴメリ原作／村岡花子訳

アンの可憐な可愛さに
惚れる本
田村セツコ

サンリオの「いちご新聞」創刊号から今もイラストエッセイを連載。60年代から少女漫画誌『なかよし』『りぼん』などでおしゃれ講座などを担当し、その可愛いイラストで多くのファンを得ている。児童本の挿絵や作品の展覧会、執筆活動など、今も幅広い活躍をしている。

「アンの愛情」（1978年発行）ポプラ社
モンゴメリ原作／村岡花子訳

「アンの青春」（1978年発行）ポプラ社
モンゴメリ原作／村岡花子訳

アンの表紙

「虹の谷のアン」（1978年発行）ポプラ社
モンゴメリ原作/村岡花子訳

「アンの夢の家」（1978年発行）ポプラ社
モンゴメリ原作/村岡花子訳

「アンの友達」（1978年発行）ポプラ社
モンゴメリ原作/村岡花子訳

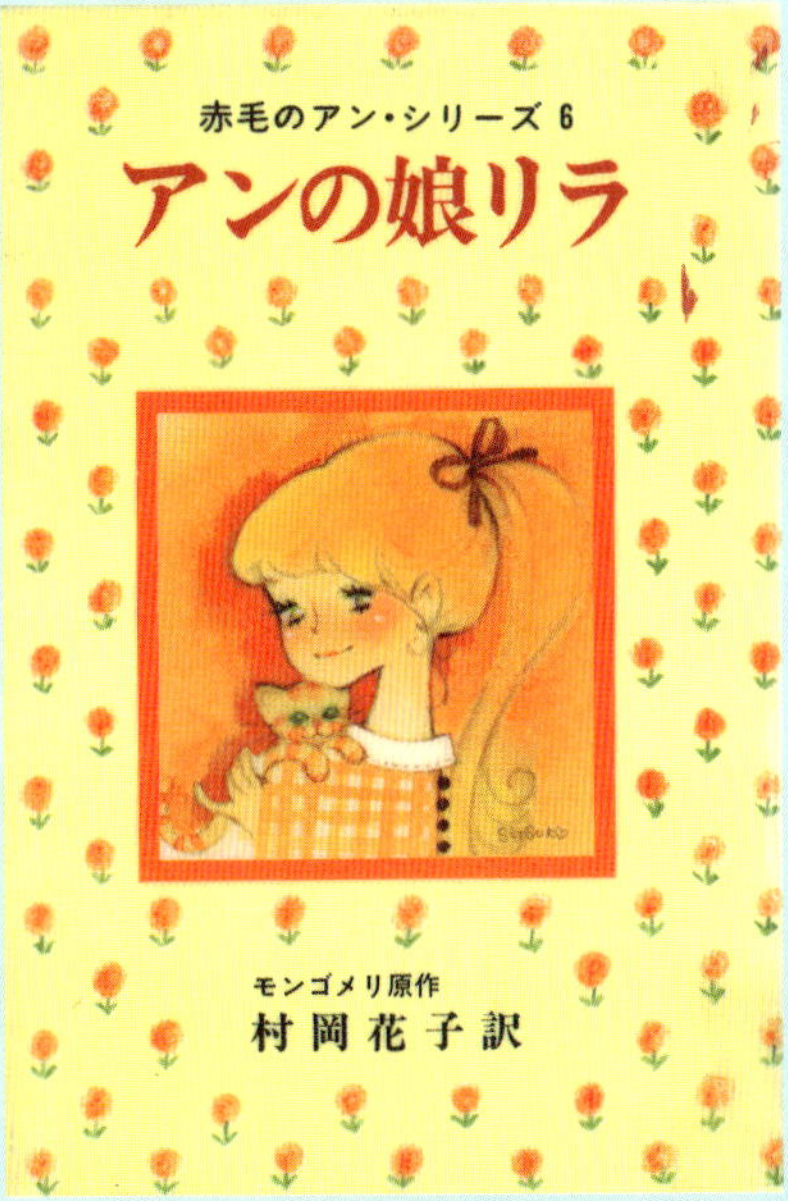

「アンの娘リラ」（1978年発行）ポプラ社
モンゴメリ原作/村岡花子訳

「赤毛のアン」（2008年発行）ポプラ社
モンゴメリ原作／村岡花子訳

ペンと水彩絵の具の
ファンタジー

内田新哉

1988年サンリオ『詩とメルヘン』でデビュー。世界各国を放浪しながら、独自の水彩風景画を確立。2001年にプリンス・エドワード島へ渡り多くの絵を制作。2004年にポプラ社の「アン」シリーズの表紙を担当し、懐かしく温かい島の風景で人気を博す。

「虹の谷のアン」
（2008年発行）ポプラ社
モンゴメリ原作/村岡花子訳

「アンの夢の家」
（2008年発行）ポプラ社
モンゴメリ原作/村岡花子訳

「アンの青春」（2008年発行）ポプラ社
モンゴメリ原作／村岡花子訳

「アンの友達」
（2008年発行）ポプラ社
モンゴメリ原作/村岡花子訳

「アンの娘リラ」
（2008年発行）ポプラ社
モンゴメリ原作/村岡花子訳

「アンの愛情」（2008年発行）ポプラ社
モンゴメリ原作／村岡花子訳

アンの表紙

「アンの愛情」
（1958年発行）新潮社
モンゴメリ原作/
村岡花子訳

「アンの青春」
（1958年発行）新潮社
モンゴメリ原作/
村岡花子訳

「赤毛のアン」
（1958年発行）新潮社
モンゴメリ原作/
村岡花子訳

少女の本棚の定番 独特の線画の味わい 風間完

挿絵画家として新聞連載の挿絵、雑誌のイラストなどで活躍。特に、五木寛之「青春の門」、瀬戸内寂聴「京まんだら」の挿絵が名高い。パリに留学し本格的に学んだ銅版画の作品もある。アンの文庫シリーズのペン画は、40代以上の方にはアン本の定番として懐かしい装幀画といえる。

新装版

2008年に発行された新装版は、表紙イラスト（野田あい）の変更だけでなく、村岡花子の孫である村岡美枝が花子の省略部分を補訳した完訳版になっている。さらにモンゴメリの遺作『アンの思い出の日々』の上下2巻がプラスされ12冊のシリーズとなっている。

銅版画の華やかさで 児童書の定番 山本容子

アンと周囲の風景が詳細に描きこまれた銅版画で装幀画と物語の挿絵を手掛けた山本容子は、雑誌『マリ・クレール』（1988年4月号～）に連載された吉本ばななの小説「TUGUMI」の挿画を手掛けたことで有名。「不思議の国のアリス」のイラストも大きな話題になった。

「アンの愛情」（1990年発行）講談社　L.M.モンゴメリ原作/掛川恭子訳

「アンの青春」（1990年発行）講談社　L.M.モンゴメリ原作/掛川恭子訳

「赤毛のアン」（1990年発行）講談社　L.M.モンゴメリ原作/掛川恭子訳

「アンをめぐる人々」（1991年発行）講談社　L.M.モンゴメリ原作/掛川恭子訳

「アンの友だち」（1991年発行）講談社　L.M.モンゴメリ原作/掛川恭子訳

「アンの娘リラ」（1991年発行）講談社　L.M.モンゴメリ原作/掛川恭子訳

「虹の谷のアン」（1991年発行）講談社　L.M.モンゴメリ原作/掛川恭子訳

「アンの愛の家庭」（1991年発行）講談社　L.M.モンゴメリ原作/掛川恭子訳

「アンの夢の家」（1990年発行）講談社　L.M.モンゴメリ原作/掛川恭子訳

「アンの幸福」（1990年発行）講談社　L.M.モンゴメリ原作/掛川恭子訳

ヴィクトリアン・スクラップBook

19世紀にホビーとして流行したスクラップブック。身の回りにあったカードや雑誌の切り抜きなど、美しいものをなんでも貼り込んで作った。モンゴメリが遺したスクラップブックは日本でも出版されている。

暮らしの温もりを作る

手芸の世界

イラスト＝コジマユイ　文＝小沢宗子

アンの時代、様々な手芸が楽しみと実用のためにあった。毎日の暮らしを美しく彩ったいくつかを紹介する。

アンがグリーン・ゲイブルズで初めて見たのが丸い編んだ敷物、三つ編みマットだ。使い古した衣類、はぎれ布などを細く裂き、三つ編みしてロープ状にしたものをつなぎあわせて作る。

結婚する時にマリラから6枚も譲り受けているが、「こんな古くさいものを欲しがるなんて」と驚かれている。新しい手法の「フックド・ラグ」が流行になっていたからだ。こちらは織り目の粗

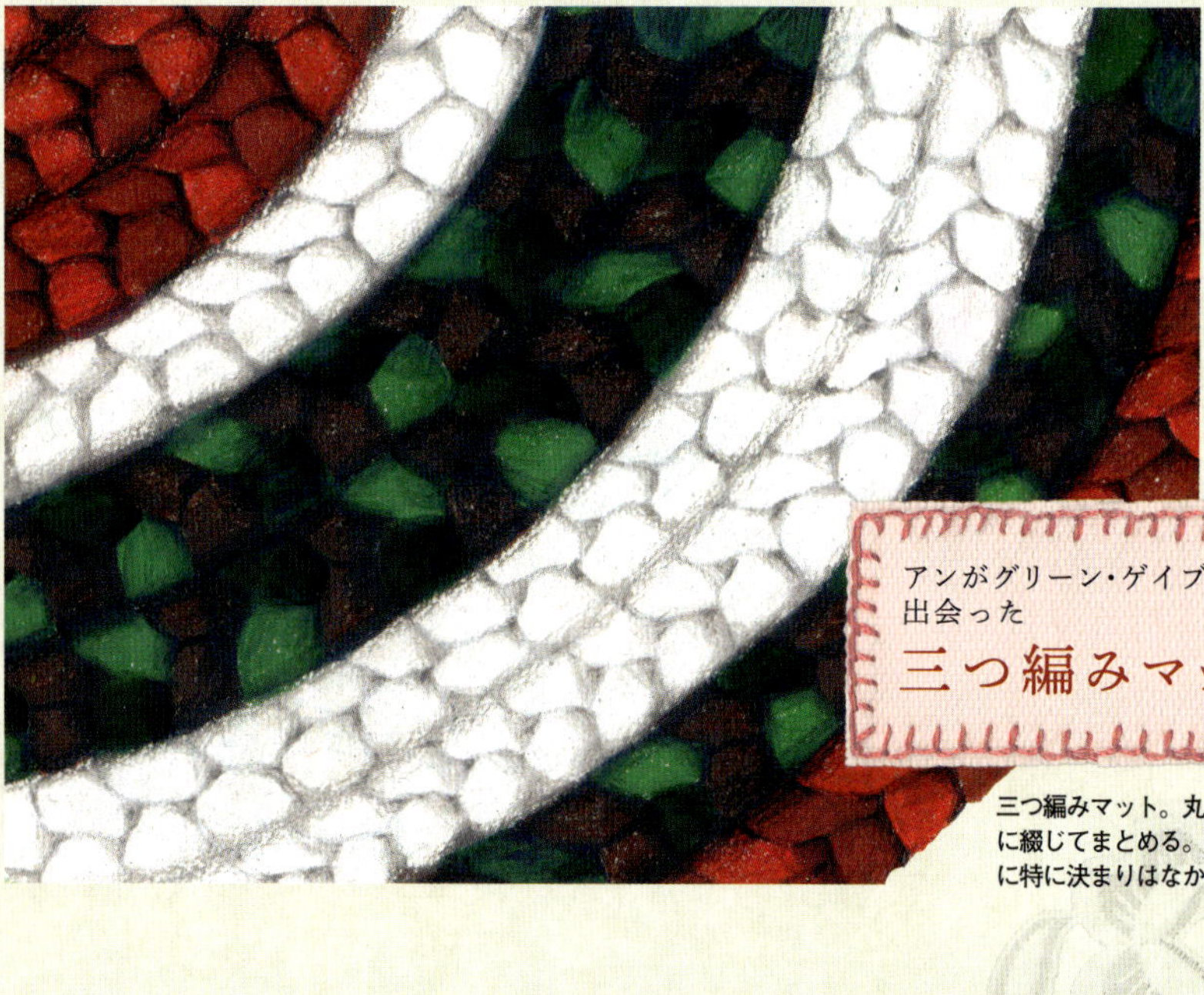

アンがグリーン・ゲイブルズで出会った

三つ編みマット

三つ編みマット。丸か楕円に綴じてまとめる。色などに特に決まりはなかった。

女の子は大好き
切り抜き

いキャンバス地を土台に、やはり古着、毛布などを細く裂いて糸状にし、かぎ針で絡め綴じて作る。どちらも装飾と防寒のための実用品であり、長く愛用された。優れた作品は売買や物々交換もされ、価値あるものとして高く取引された。

　実用の役には立たなかったかも知れないが、身近に親しまれた手芸として、「切り抜き」がある。

当時の種のカタログ。これらの印刷物から切り抜きをした。

　いちご水事件の後、ダイアナに会うために学校へ戻ったアンは、復帰を歓迎する友達に色々なプレゼントを貰っている。果物や詩、香水の瓶など。そして草花のカタログから切り抜いた三色すみれ。これは少女たちの間で、机の飾りとして珍重されていた。

　スクラップブック作りも流行っていて、切り抜きの他に押し花や、服のはぎれ、ポストカードなど、なんでも貼り込んで愛おしんだ。自分のためだけでなく、写真が一般的でない時代、親しい人と思い出を共有するための記念品として、お互いに見せあって楽しむこともあった。

　アンの作者モンゴメリも数冊遺していて、お気に入りの花、もの、服などを通じて、人柄をうかがい知るための貴重な資料となっている。

チューリップ柄のキルト。

家庭の宝物

キルト

様々な色、形の布のピースを接ぎ合わせて作るパッチワークは、この時代の手芸の基本で、布が貴重な時代、衣類の傷みのない部分や仕立てのはぎれを利用するために誰もが作った。アンもマリラから毎日の仕事としてやらされているが、苦痛だったらしく、「つぎもの」には「想像の余地がない」と愚痴をこぼしている。

パッチワークで出来た布に綿を詰め、薄い布団状に仕上げたのがキルトだ。その模様には菱形で構成する「ベツレヘムの星」、長方形で作る「ログ・キャビン（丸太小屋）」など、名前のある代表的なパターンがいくつかあるが、作り手はオリジナルデザインにも工夫をこらし、「ガチョウの足跡」「飛んでいるツバメ」などユニークな名をつけている。

手芸用フープ。刺繍やパッチワークする布を張る枠。

©Lene

アンがパティの家に引っ越しする時、リンド夫人はキルトを1枚アンに贈り、5枚を貸している。そのうちの「チューリップ柄」をアンがパティ家の庭で虫干ししていると、「母がいつも作っていた」と、隣家のお金持ちが、懐かしがって譲ってくれと頼む一節がある。

また、見た目の美しさだけでなく、キルトは防寒のための必需品でもあった。パティの家は寒いという欠点があったが、住人の少女たちはこのキルトで暖を取り、大いに助けられ感謝している。手間がかかる作品であるためとても大切にされ、嫁入り道具でもあり、代々受け継がれて使われる財産であった。

この時代に特に流行ったのは、決まりの型を持たず自由に継ぎ合わせていく「クレイジーキルト」だった。木綿のはぎれだけでなく、思い出のある高価な布・サテンやビロード、レースを入れたり、ピースの布に刺繍を施したりもした。

クレイジーキルト。キルトだが、一般的に中綿は入れなかった。

バスケット、風車など、色々な型を使い、
見本帳のように作られているキルト。

リンド夫人のおとくい

レース

クロッシェ・レース。かぎ針編みで作る。現在の手芸ではレース編みの主流。

バテンレース。日本でも新潟で作られている。

©吉田バテンレース

アンの物語の冒頭、リンド夫人がキルトを作っている。おなじみの場面だが、実はこのキルトはパッチワークではなかった。原書によれば「編んで」いるからだ。「コットンワープ」という織機に使う丈夫な木綿の糸で、かぎ針編みしたものだった。キルトには「(ベッドの)上掛け」の意味もあるのだ。

モチーフを四角く編んでつなぎ、ベッドのサイズにするのは大変な労力だったと思われるが、リンド夫人は16枚も編んで村人に尊敬されている。

ヴィクトリアンな糸巻き。上流階級むけの裁縫道具として白蝶貝で装飾的に作られた。

かぎ針を用い、どこでも始められる「クロッシエ・レース」は、キルトと同じく一般的で身近な手芸で、衣類や寝具の飾りなどにもよく使われていた。アンが友達に新しい編み方を教わったり、友人ジョシー・パイが品評会で一等賞を取ったりと話題に出てくる。

レースの種類は他にモチーフの一部をふっくら立体的に編む「アイリッシュ・クロッシエ・レース」、ボビンで編みあげ高度な技術と時間が要求される「ヴァランシエンヌ・レース」があった。

刺繍も広く愛好された。アンの物語で印象的なのは大学時代の下宿の家主が作る美しい刺繍付きクッションだ。手が込みすぎて使うことが許

アンティークの白蝶貝《しろちょうがい》製裁縫箱。中の道具類も白蝶貝でできている贅沢な物。

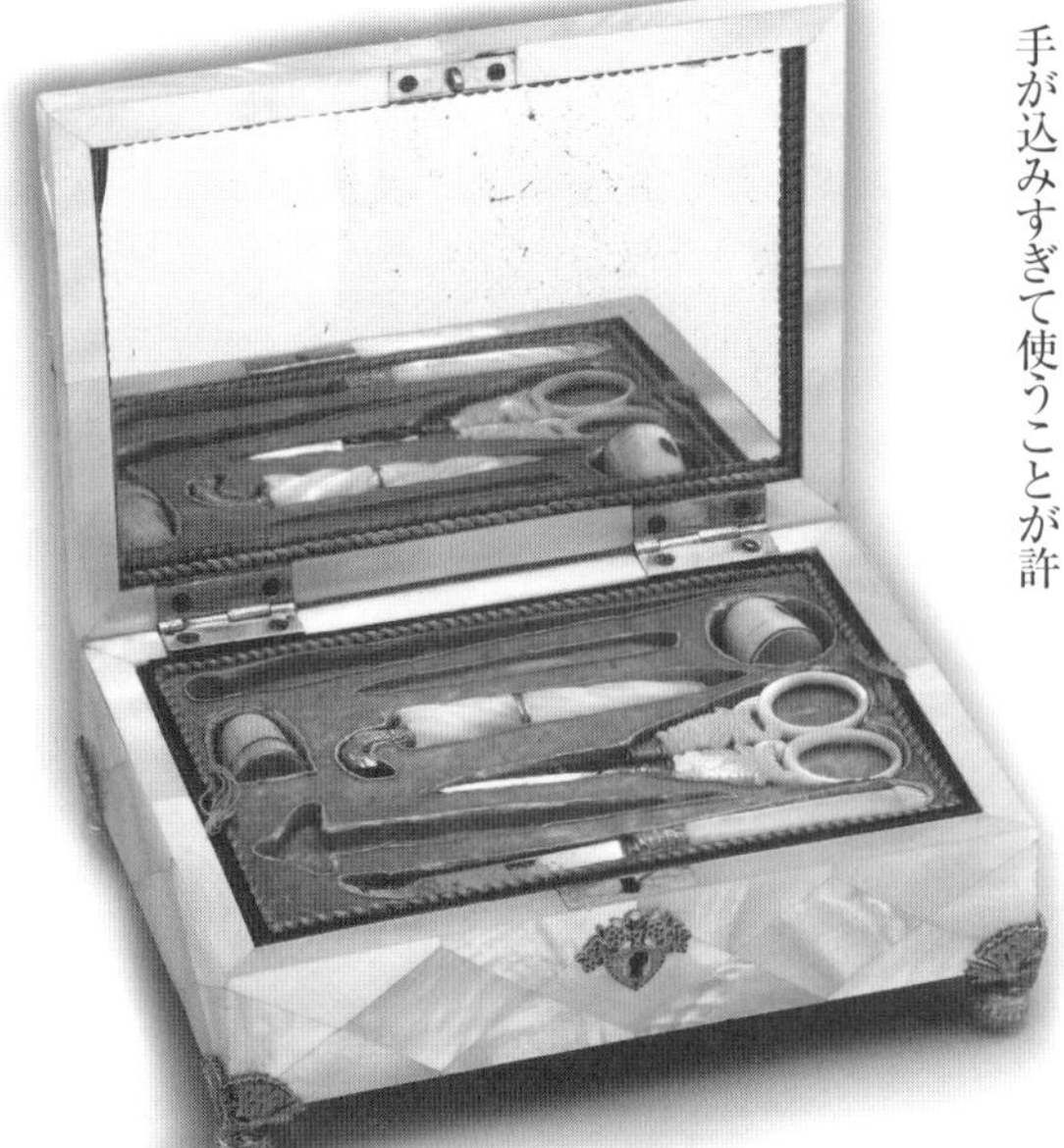

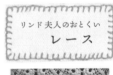

ヴィクトリア朝時代に使われた凝ったデザインのハサミ。淑女の趣味に合わせて様々な種類があった。

されないクッションが部屋を埋め尽くし、床にでも座るしかないとみんなが困惑している。刺繍は装飾的価値が求められた贅沢な手芸だったのだ。

アンとプリシラの会話にでてくる「バッテンバーグのクッション」とは、ドイツのバッテンバーグに由来する「バテンレース」だろう。リボン状のテープを縫い留め、その隙間を糸で埋める手法だ。白地に白糸でする「白刺繍・ホワイトワーク」もヴィクトリア朝時代に人気があったので、組み合わせていたかも知れない。

友人フィリパが一面にばらの蕾の刺繍をしたアンのガウンは、その美しさから少女たちの羨望の的になった。簡素な服を華麗に変える、刺繍の魔法だ。

素材としての乾燥した草花。オイルなどを足してポプリを作る。

ポプリ

アン・シリーズから広まった

「アンの友達」の文中に登場して村岡花子に「雑香」と訳され、後に「ポプリ」で広く知られるようになった。植物を乾燥させて保存し、小袋（サシェ）に入れたり壺に入れたりして香りを楽しむ。アンも作ることを勧められたローズ・ピロー、パイン・ピローなど、枕でポプリを楽しんだりもしていた。

 イラスト＝コジマユイ　文＝小沢宗子

19世紀のおいしい物たち

アンの忘れがたい料理

アンの物語ではピクニック、お茶会などのエピソードごとに食べ物のことが詳しく描写されている。中でも印象的な物を紹介する。

天にも昇るおいしさ

ピクニックでのアイスクリーム

日曜学校のピクニックで、アイスクリームを食べられると聞いた時のアンの興奮ぶりと、マリラのブローチ紛失事件によってその機会を失いかけ、嘘を創りあげてまでも行こうとした執念。そしてついに生まれて初めて味わった感激は、現代の私たちの想像を超えている。

アイスクリームの原料は砂糖とミルク。材料は特別に高価ではなかったが「冷やす」のが大変だった。当時季節外れに氷を得ることは難しく、自然にできたものを氷室で保存して利用するしかなかった。

さらに材料を冷やしつつ攪拌《かくはん》して

樽製の手回し式アイスクリーム・フリーザー。発明者はナンシー・ジョンソンという一人の主婦だった。

当時のアイスクリームは十分に冷やすことが難しかったため、出来上がりはソフトクリームのようだった。

作るが、それにとても手間がかかった。しかし1846年にアメリカで「手回し式アイスクリーム・フリーザー」が発明されてからは、少しずつ一般でも作られるようになっていった。

日曜学校のピクニックは通常年に一度、夏に行われ、子供だけでなく誰でも参加できる特別なイベントだった。アイスクリームはその主役にふさわしかったのだ。ただし、都市部ではすでに店での提供も始まっていて、後にアンはジョセフィン・バーリー宅を訪ねた時にレストランで食べる体験をしている。

他にピクニックで、マリラがバスケットに詰めてくれた「焼いたもの」とは何だったろうか。原作に詳しい記述はないがありあわせのものを入れたことを思うと、当時よく作られた、ドライフルーツを入れたケーキ、クッキー、季節のベリーのタルトなど、日持ちして崩れにくい菓子類だったのではないだろうか。

アンの誕生日祝いと称して出かけた春のピクニックでは、春にふさわしい食べ物として、ゼリーのタルト、フィンガークッキー、ピンクと黄色のアイシングをかけたクッキーを作るとあり、手間を惜しまず、日常的にお菓子を焼いて楽しんでいた様子がうかがえる。

19世紀のレシピ本 「ビートンの家政本」

初版本の表紙。編集者はイザベラ・ビートンという主婦だった。

詳細な料理のイラスト。出版の版ごとにイラストも変化したためコレクターもいる。

19世紀にイギリスで出版された、中産階級の家庭の切り盛りについて書かれた本。料理についての記述以外に使用人の雇い方や家庭医学まで扱っている。掲載されているレシピは実用的で図版も多く、当時イギリスの植民地から次々と入ってくる未知の食材の扱い方、保存方法まで調べられるため大ベストセラーとなった。初版後も時代につれ改訂を重ね、1960年代にも発行されている。ただし調理器具や家庭形態の変化に対応しているため、初版の面影はない。

友情の大ピンチ

いちご水事件

初めてのお茶会を楽しむアンとダイアナ。テーブルにはマリラが食べることを許した、さくらんぼの砂糖漬けや果物入りのケーキが並び、とっておきのきれいな赤い液体の飲み物「いちご水」が登場する。美味しくてダイアナは3杯も飲んだ挙げ句に酔っぱらい、ダイアナの母は激怒して二人の交際を禁じてしまう。マリラが作るお酒との取り違えが起こした悲劇だった。

いちご水とは、村岡花子訳では「いちご」だが、原文では「ラズベリー・コーディアル」。本来コーディアルはアルコール飲料を指すが、ここでは木いちごのジュースのことだ。マリラのお酒も「ぶどう酒」ではなく「スグリ酒」。家庭では他にもベリー類、たんぽぽなどを発酵させて酒を作っていた。

ラズベリーの実。欧米原産で野生種もあるが果樹として広く栽培されている。

いちご水。実際はラズベリーと砂糖、少量の酢を入れて作られ、滋養ドリンクとしても飲まれていた。

プディングはプリン？

©James Petts

日本では「卵のプリン」、カスタードプディングが一般的だが、欧米には米を使うライスプディング、パンプディングなど、多様な種類と製法がある。ドライフルーツに牛脂を混ぜたものを主体に作る、クリスマスプディングは日本では馴染みが薄く、味も見かけも「プリン」とはほど遠いが、特にイギリスではクリスマスにかかせないお菓子だ。

クリスマスプディング。食べる前にブランデーをかけて炎を出して（フランベ）供する。

ネコちゃんが歩いちゃった
タフィー

「いちご水事件」の後、ダイアナの妹の病気を見事な手当てで治したことでアンは許され、バーリー家のお茶会で歓待される。そしてダイアナと初めてのタフィー作りに挑戦する。タフィーとはキャラメル菓子で、水飴や砂糖にバターを入れ煮詰めて作る。型に流し冷やし固めた後、切り分けて食べるが、二人が作ったタフィーはアンがかき混ぜを怠って焦げてしまったうえ、冷める前に猫が歩いたせいで足型付きに仕上がってしまう。

タフィー作りはパーティのような集まりの時、大人も子供も最後に飴を引き伸ばす作業を楽しんだりした。

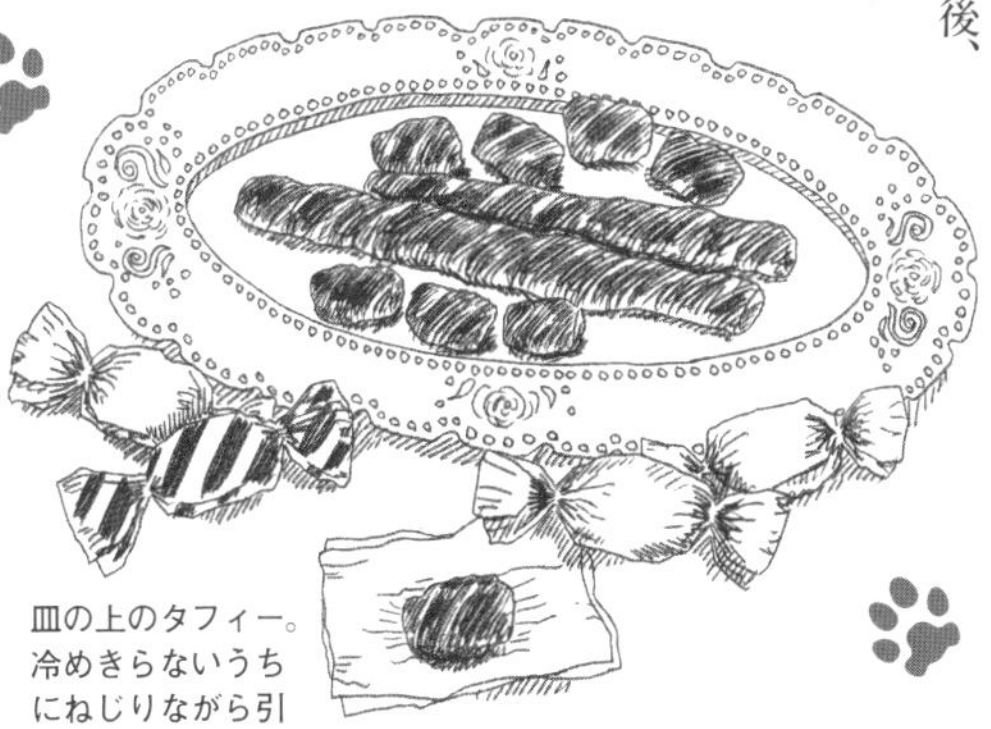

皿の上のタフィー。冷めきらないうちにねじりながら引き伸ばしたもの。

大失敗をしてしまう
牧師夫妻のためのお茶会

村の慣習に従いクスバート家でも、アヴォンリーに新たに赴任してきたアラン牧師夫妻を招いてお茶会をする。大切なおもてなしのために、マリラは村の誰にも遅れを取るまいと料理の腕をふるう。チキンのゼリー寄せ、コールド・タン、赤と黄色のゼリー、レモンパイにさくらんぼのパイ、クッキーとビスケット、果物入りのケーキ、あんずの砂糖づけ……。記述にあるだけでこれだけのものが用意されている。料理は2日がかりの大変な忙しさだった。

アンもレイヤーケーキを任され、細心の注意をはらって作っている。この頃、家庭に出回りだしていたふくらし粉（ベーキングパウダー）のおかげで、今までとは違いふんわり膨れたケーキが作れるようになった。目新しさで流行していたのがレイヤーケーキだった。

1902年に企業が出したベーキングパウダーのレシピ本

レイヤーケーキと茶器。薄く焼いたケーキの間にゼリーやジャムを入れ層に重ねて作る。

アンの忘れがたい料理

ただ、質が悪く膨らまない粉もあったため、アンは心配のあまり失敗してしまう悪夢まで見る始末だった。しかし、無事にふっくら出来上がり、赤いきれいなゼリーを挟み、見た目は完璧。ところが、香り付けのヴァニラと痛み止めの塗り薬を間違えて使ってしまい、アンは身も世もなく落ち込んでしまう。

それにしてもなんと豪華なメニューだろう。マリラにテーブルに余計なものは要らないと反対されながらも、シダをふんだんに使ってしつらえた、テーブルコーディネートも素晴らしい。当時のお茶会は最上級の食事の席でもあった。

シダの葉。アンはシダの美しさを気に入っていた。

シダで飾ったテーブル。シダは花瓶に活けて使われることもあった。

空振りに終わる

モーガン夫人のためのごちそう

すっかり大人になって料理上手な17歳になったアンが、敬愛する作家モーガン夫人のために用意した料理も豪華だ。

玉葱のクリームスープ、ローストチキン、野菜のクリーム煮、レタスサラダ、ホイップクリームをかけたレモンパイ。コーヒー、チーズ、フィンガークッキー。

これだけのものを昼食として作り、極めつけに可愛がって育てた鶏を二羽も使う決断をする。アンの想いの深さがわかる。

ダイアナも準備の手伝いに入り、暑い季節に熱いストーブの周りで働いた。すべてをうまくやり遂げたアンたちは、あとはモーガン夫人を待つばかりだった。しかしこの努力は報われなかった。モーガン夫人は来なかったのだ。

ローストチキン。切り分けは家の主人の仕事とされていた。

当時の農村部の最高のおもてなしといえば、鶏料理だった。家庭では鶏を飼い、必要に応じてつぶしていた。

食材の調達法としては、隣人のハリソン氏とトラブルの元になったように、牛を飼い乳を得ていたし、雌鶏からは卵が採れた。野菜は当然自分の畑で作り、野山で木の実・草の実も集めていた。日々の食事を作るには困らなかったようだ。

今回のメニューで用意されたレモンパイは、ここでは入手しづらく高価なレモンを使うおもてなし料理だった。生のレタスサラダも一般的ではなく、特別な機会にのみ作られていた。

レモンパイ。レモンは高級品だった。こちらはメレンゲをのせて仕上げてある。

居心地の良い場所だった キッチン

キッチンストーブ。鋳鉄製で薪を燃やして使う。形や大きさは色々あった。

今も昔も料理は欠かすことのできない毎日の仕事で、ましてや全てが手作業の時代には時間もかかる。女性にとってキッチンは１日の大半を過ごす場所だった。

朝は調理ストーブに火をおこすことから始まり朝食の支度。それから１週間のサイクルで月曜に洗濯、火曜はアイロンかけとこなしてゆき、昼、夜の食事を作る。

調理器具の鍋ややかんはほとんどが鉄製で重く、お湯を沸かしてポットに移すのも大仕事だった。洗濯もこすったり、洗うための棒で押したり返したりと、重労働の辛い作業だ。

それでも家事の合間に鍋の具合を見ながら近所の友人とおしゃべりしたり、手間をかけたケーキが焼き上がるいい匂いに包まれたりしながら、ストーブが燃える暖かいキッチンで過ごすのは楽しいひとときだった。

19世紀のキッチンの写真。たらいで洗濯をしている。

 イラスト＝コジマユイ、流王ゆうや（P.89のみ） 文＝小沢宗子

アンとその時代②

長老派の教会と村人たち

勤勉で禁欲を奨励するアヴォンリーの村の生活

カナダへの入植は英仏両国が競うかたちで進められたが、カナダ全体の宗教・宗派を見れば、カトリックの占める割合がかなり高かった。しかし、アンの育ったプリンス・エドワード島に限っていえば、長老派やメソジスト、バプティストなどからなるプロテスタントが大勢を占めていた。

プロテスタントといっても一枚岩ではなく、メソジストが英国国教会の流れを汲み、バプティストが同教会から分離独立した存在であるのに対し、クスバート家が信仰していた長老派はスイスのジャン・カルヴァンに始まる改革派に連なる教派で、スコットランド出身者の大半がこれに属した。

長老派の特徴は勤勉を尊び、華美を戒め、禁欲的生活を奨励する点にある。アンの養父マシュウが酒を口にしなかったように常習性のある嗜好品は避けられる傾向にあり、養母のマリラがそうであったように日常の衣服は飾り気のないものがよいとされた。

教会の管理責任者である牧師はカトリックのように派遣されてくるのではなく、村の信者代表が候補者の説教を聴き比べたうえで、もっとも適任な者を選出する仕組みになっていた。牧師の結婚は許され、女性でも牧師になることができた。

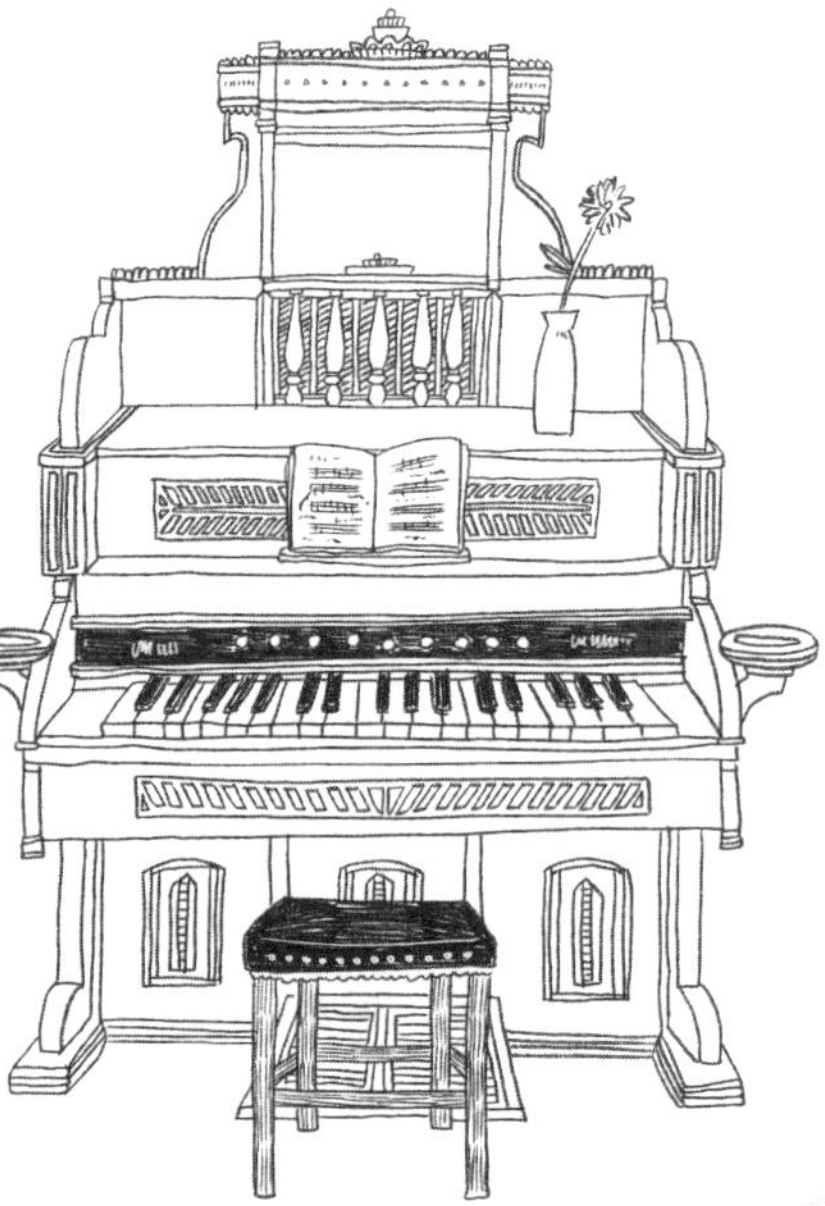

村の教会のオルガン奏者を務めていたモンゴメリの時代のパイプオルガン。

リンド夫人が活躍した教会支援活動

長老派では浪費を避け、余分な財貨は社会に還元すべきと教えられており、海外伝道に必要な費用を作り出すべく、女性たちが寄り集まってキルト製品を作るキルティング・パーティーが盛んだった。キルトとは上布と下布の間に薄い綿をはさんで重ねて縫い合わせたもののことで、それを売って得た資金を教会に寄付するという仕組みだったために、裁縫の苦手なアンも投げ出すわけにはいかなかった。キルトの用途は非常に広く、ベッドカバーとして使用されることもあれば、部屋の飾りや敷きマットとして使用されることもあった。保温性に優れ、模様も美しく洗練されているプリンス・エドワード島製のキルトは現在も変わらぬ人気を保っている。

聖書のみを思想と行動の指針とする立場から、長老派では、讃美歌の合唱はほとんど行なわれず、12月25日をイエス・キリスト生誕の日（クリスマス）とする教義を聖書に由来しない異教徒の祭日とみなし、クリスマスとその前夜クリスマス・イブにも特別な行事をすることもなかった。

日常の礼拝も、牧師による説教ののち、パターン化された式文が読まれるくらいで、牧師ではなく一般信者が説教を行うこともあった。長老派では敬虔な祈りを捧げることで神とのコミュニケーションは成り立つとの考えから、牧師の役割も他のプロテスタント諸派に比べれば低くみられていた。

そんな長老派で何より重要視されたのは安息日の厳守で、その日は原則として労働と娯楽が厳禁。教会に赴くか、家で聖書を読むかひたすら祈りや懺悔に時間を費やすべきとされていた。

アンが多感な少女時代を過ごしたのは今からほんの130年前のことだが、そこはいまだ宗教色の濃厚な世界だった。

アンとその時代❷

クスバート家の経済学

マシュウとマリラの収入は？

19世紀末のプリンス・エドワード島では自給自足が基本。農業と漁業が二大産業で、クスバート家は農家だった。平均的な農家が所有する土地は75～150エーカー（約30万～約60万平方メートル）で、毎年1～2エーカー（4047～8094平方メートル）開墾していくのが普通だった。

自給自足が基本といっても納税は現金でしなければならず、食品の中では塩と胡椒だけは購入、小麦を挽いて麦粉にする作業も製粉所に委託しなければならないなど、それ相当の現金収入も必要とされた。

二酸化鉄の多い赤い土壌であったことから、野菜・雑穀のなかではジャガイモが最もよく育ったが、金になったのは朝食のオートミールの材料となるカラス麦と干し草用の牧草で、それら以外では小麦やカブの栽培も盛んだった。アンの隣人のハリソンさんが、牛にカラス麦の畑を踏み荒らされたと、怒鳴り込んでくるのも無理のないことなのだ。

果樹園ではりんご、梨、ラズベリー、スモモなどを育て、こちらで一番収入になったのはりんごである。

家畜は耕作や運搬、移動用に不可欠な馬、乳牛、保存食づくりと販売用の豚、産卵用に特化された鶏、羽や羽毛が寝具の材料として売れたガチョウ、七面鳥などが定番で、農業だけでは自然災害に見舞われればたちまち窮してしまうことから、農家が酪農をも行なうのはありふれた光景だった。

とはいえ、自然災害は時に酪農をも壊滅に追いやる。そのため貯金をして万一に備えるわけだが、1873年のオーストリア・ウィーン発の大不況はヨーロッパ全土だけでなく、その植民地にも及び、カナダのプリ

ンス・エドワード島も1893年には深刻な金融危機に見舞われた。
アベイ銀行の倒産で、クスバート家が全預金を失ったのはこの出来事をモチーフにしているに違いない。アンを大学に行かせることができなくなったほどだから、相当な金額を失ったはずだが、土地の切り売りなどしていないところを見ると、全財産を預けていたわけではなく、最低限の生活は維持できるタンス預金があったものと推測できる。自給自足が基本で、現金を使う機会が少なかったからこそ、最悪の事態を免れたのだろう。
その後、アンがしばしの教員生活を経て大学へ進学するにあたり、1年目は自分の貯金、2年目は奨学金で切り抜けた。3年目と4年目は親友の父の伯母で、気難しい性格ながらなぜかアンとは気が合ったジョセフィン・バーリーが遺してくれた1000カナダ・ドルでしのぐことができた。これからすると、当時の大学の授業料は年間500ドル未満。現在の日本円に換算するのは難しいが、クスバート家は4年分の学費を支払えない状況にあったことはうかがえる。

イラスト＝コジマユイ　文＝島崎 晋

ギルバートの
報われないエピソード
リスト付！

ギルバート・ブライスの憂鬱

思春期の女子の気持ちほど、理解できないものはないだろう。ギルバートも「にんじん！」の一言が、5年間もアンを怒らせるとは思いもよらなかったはずだ。想いを寄せるギルバートと踏みにじるアンのエピソードをリストアップした（P98—99）。

イラスト＝なせもえみ

どんな仕打ちも耐えて愛し続ける男

アンがギルバートの頭に石盤を振り下ろした時にギルバートは恋をして、アンは深い恨みを心に刻んだ。かくしてギルバートの受難は始まった。ギルバートも最初はなぜ、これほどまでにアンが怒るのか全く見当がつかなかったに違いない。

ギルバートの一途な想いも虚しく
アンがまさかの一目惚れ

しかし、アンの直情的な怒りは、周囲のあらゆる人の想像を超えて深く、ダイアナからも「どうしてギルバートにそんな態度を取れるのかわからない」と言われるほどだった。

しかし、ギルバートはあまりにも健気。そっと渡したキャンディを靴のカカトで粉々に砕かれても、ギルバートの贈ったりんごだとわかった瞬間に、手から振り落として、汚らしいもののように手をハンカチで拭われても、アンを好きな気持ちは全く揺るがない。

読者の女子たちもさすがに「これはできないわ」の連続だ。しかも、溺れそうになっているアンを助けても許してもらえない。ニコリともせず礼を言うアン。そんなアンにギルバートは仲直りを自ら申し出たのである。ここに至ってもギルバートをきっぱりと拒否したアンは逆にあっぱれですらある。

マシュウの死後、ギルバートがアヴォンリー小学校の職を譲ってくれたことから、アンがお礼を言ってようやく仲直りをする。しかしこれで恋する二人とはならなかった。

アンは、アヴォンリーの先生時代もレドモンド時代も一貫して、ギルバートを振り回しているのだ。女子から見れば、これほどギルバートから愛されるアンは羨ましい限りだ。

友達としてのギルバートは手放したくないが、恋人としては考えられないと、実に身勝手なのだ。愛の言葉を語りそうなギルバートに罰を与えようと、チャーリー・スローンと仲良くするというような、女っぽいアンの姿も描かれ、人間臭さも面白い。アンは、ギルバートが恋愛感情をあらわにするのを嫌っていて、ギルバートもそれを自覚している。アンと疎遠になるよりはと、ギルバートは厳しく自分を律して、他の男子を近づけないことに専念していた時代もあった。

求婚を断られてからでさえ、「いつかはアンと」と願っていたギルバートの夢を打ち砕いたのが、ロイヤル・ガードナーの出現だ。アンもまさかの一目惚れ。その盲目ぶりにギルバートのショックは測り知れない。小説にはアンの心にギルバートがいることがしっかりと書かれているので、読者はある程度わかっていたが、ギルバートの絶望を想像すると……。

ギルバートが病気から回復して二人が愛を確認したのはアンが22歳の時。まさに11年にも及ぶ憂鬱な受難の日々がようやく幕を閉じたのだった。

アンの仕打ち

「にんじん」と揶揄されて、石盤でギルバートの頭をぶっ叩く

顔を上げることもなく、キャンディを確認すると、床に落として、カカトで粉々に砕く

歓迎の贈り物を喜んで手にしたが、その瞬間にこのりんごはブライス家で採れたものだと気付き、
手から振り落として、わざと、指先をハンカチで拭った

アンの憤慨は誰の目にも明らかだった

ギルバートの暗唱が始まると貸本を読み出し、
身動きもしなかった

「あたし相手にしなかったの」とマリラに語っている

ギルバートがバラを拾ったことを聞かされて
「あんなやつがなにをしようと、何の興味もない」と言い放つ

「いいえ、あなたとはお友達になりませんよ」と拒否する

ギルバートを心で許しながらも仲直りはできず、
熾烈な成績争いをする

舞台に立ち緊張のあまり倒れそうになったところで、微笑んでいる
ギルバートを見つけて嘲られていると感じ奮起する

学校を譲ってくれたことに素直に感謝し、溺れかけて助けられた日に
ギルバートを許していたのだと告白する

ギルバートがもはや学校時代の少年ではないことを突然自覚する。自分の描く理想的なタイプの男性ではないけど、友情には差し支えないと考える

「結局ロマンスはすばらしい騎士がラッパの響きとともに現れるというものではなく、昔ながらの友達が
自分の傍を静かに歩いていた、というものかもしれない」と漠然と考える

ギルバートの手を振りほどいて「家に帰らなくっちゃ」と引き返す

楽しい会が台無しになったアンは、ギルバートへの罰としてチャーリー・スローンに愛嬌をふりまき、
家まで送って行くことを許した

ギルバートの危険信号を思わせる口調に「あなたはひどく分別がないことになってよ」と話を切り上げる

大学で二人の名前が結びつけて噂されているのが気に入らないが、最近危険な兆候がないので安心している

ギルバートの目に出会うとドギマギしてしまうことに戸惑い、マリラたちがギルバートが来ると姿を
消してしまうことに憤慨している

「あなたを愛してはいないことよ、ギルバート」アンは、拒絶してしまう

ギルバートにクリスチンが登場したことにより、危険が去ったと気楽に思いながらもすっきりしない

ギルバートが死の淵を彷徨っていることを突然聞かされ、真実の愛に気付く

「あたしが欲しいのはあなただけ」

		状況	ギルバートの涙ぐましい努力
赤毛のアン	第15章	石盤かち割り事件	アンが無視するのでつい「にんじん！にんじん！」と呼んでしまう
赤毛のアン	第15章	休み時間の後、教室に遅れて入ったことを先生に咎められ、ギルバートの隣の席に座らせられる	机に突っ伏して授業中一度も顔を上げないアンに「あなたはスウィートだ」と金文字が入ったピンクのハート型キャンディをそっとアンに渡してよこす
赤毛のアン	第17章	ギルバートの隣に座らされた屈辱から学校を欠席していたアンが再び学校に戻る	アンの復帰を喜んで机の上にそっと大きなりんごを置いた
赤毛のアン	第17章	学校でライバルとして競い合う二人が、同率1位をとったため、二人の名前が並べて黒板に書かれた	ギルバートは満足そう
赤毛のアン	第19章	ダイアナの親戚と討論会主催の公会堂の音楽会を楽しむアン	舞台で『ライン河畔のビンゲン』を暗唱した時、「いま一人あり、そは妹にあらず」のところでアンをまっすぐ見つめた
赤毛のアン	第20章	フィリップス先生がさんざし（メイフラワー）をプリシーにプレゼント	アンに咲き乱れる美しいさんざしを贈ろうとした
赤毛のアン	第25章	ミス・ステイシーが子供たちと催したクリスマス音楽会でアンが暗誦を披露する	アンの出番が終わり走ってステージから出た時にアンの髪から落ちたバラを拾って胸のポケットにしまう
赤毛のアン	第28章	アーサー王物語の小舟で横たわるエレーン姫を演じたアンが危うく溺れそうになった事件	沈みそうな小舟から脱出して橋桁にすがりついていたアンを救い出し、仲直りを提案する
赤毛のアン	第30章	クイーン学院受験時代	友人になることを拒否されて以来アンの存在を無視しているが、アンにチャーリー・スローンがすげなくされているのだけを、慰めとしていた
赤毛のアン	第33章	ホテルでの音楽会で暗誦するアン	棕櫚《しゅろ》を背景にしたアンのほっそりした白い姿と精神的な顔のすばらしさに感心していた
赤毛のアン	第38章	マシュウを失い大学を断念したアンに、ギルバートはアヴォンリー小学校の教師の職を譲る	アンの許しに「僕たちはいちばんの仲よしになれるんじゃないかな」と大喜びする
アンの青春	第19章	ギルバートはアンと散歩している時に理想の女性であるアンへの思慕を募らせる	自分の未来を優美なアンにふさわしいものにしなければいけないと、固く決心していた
アンの青春	第30章	ミス・ラベンダーの結婚式から仲睦まじく帰る二人	「行き違いなどなく、二人が手をたずさえ、生涯を送ったとしたら、いっそう美しいのではないか」とアンに問いかけ、顔を赤らめた反応にアンとの未来へ自信を抱く
アンの愛情	第1章	アヴォンリーでの夕暮れにアンとギルバートは散歩に出かける	不意に橋の欄干におかれたアンの白い手に自分の手をかけた
アンの愛情	第2章	レドモンドに旅立つ二人に友人が開いてくれた歓送会での食事中	月光を浴びながらのアンとの食事で感傷的になってアンに気持ちをほのめかす
アンの愛情	第6章	プリシラやフィリパなどと一緒にアンとギルバートも公園をそぞろ歩いている	「僕が思う通りにできるものなら、君の生活から幸福と喜びのほか、いっさいのものを閉め出してしまうよ」と話す
アンの愛情	第9章	アンを崇拝している男子生徒が数多くいるため、ギルバートは誰も近づけないように努力している	アンの下宿を頻繁に訪れ、大学の催しでは常にアンをエスコートする
アンの愛情	第18章	クリスマス休暇でアヴォンリーへ帰り、ギルバートはグリーン・ゲイブルズに足繁く通っている	はしばみ色の目が疑う余地のない或る表情を真剣にたたえて、じっとアンを見詰めている
アンの愛情	第20章	パティの家の裏の果樹園に一人でいたアンの前にギルバートが現れる	「将来、ぼくの妻になると約束してくれますか？」とプロポーズする
アンの愛情	第29章	ダイアナの結婚式にアンとギルバートは介添え役を務める	結婚式のあと「『恋人の小径』をひと歩きして来ませんか？」と誘い、アンの拒絶以来初めての親密な散歩をする
アンの愛情	第40章	腸チフスに罹って死の床にいるギルバート	死線を越えそうな重篤な状態が続く
アンの愛情	第41章	フィルの手紙でアンがロイと結婚しないことを知り、ギルバートは再びアンを訪ねる	「僕は二年前に或ることを訊ねましたね。アン 。それをきょう、再び訊ねたら、君は別の返事をしてくれますか？」

※セリフや描写は、モンゴメリ著、村岡花子訳「赤毛のアンー赤毛のアン・シリーズ１ー」「アンの青春ー赤毛のアン・シリーズ２ー」「アンの愛情ー赤毛のアン・シリーズ３ー」新潮文庫刊に準じています。

アンの夢のプロポーズ

小さな女の子がいつの日かのプロポーズを夢見るように、理想を思い描いていたアン。女性として成長したアンが受けたプロポーズは……。

「あんたは結婚するつもりはないの、アン？」
「たぶん……いつかね……ほんとうの人があらわれたとき」

『アンの青春』26章

かつてアンがアヴォンリー小学校時代に作った物語には、アンらしい大仰なプロポーズが書かれている。
「とてもはなやかに詩的にしたのよ。バートラムはひざまずくの。（中略）バートラムはジェラルダインにダイヤモンドの指輪とルビーの首かざりをやって、新婚旅行はヨーロッパに行こうと言うの」（『赤毛のアン』26章）。

その後、大学生になっても夢見る少女のままのアンは、いまだに大げさで詩的なセリフが大好きだ。
「アビリルに向かって語られたような美しい、詩的な文句を言われたら、どんな乙女の心も完全に征服されるだろう」（『アンの愛情』12章）。

少女の頃のアンとダイアナの理想の人は、「その男性とは、背が高く、気品のある姿で、憂鬱な、測り知れぬ目を持ち、やさしい、いたわるような声をしていなければならない」（『アンの青春』19章）。

憂鬱な測り知れない目の男なんて存在しないし、実際にいたらろくでなしだということは、わかりっこないのだ。アンの夢見がちで現実的になれない少女らしい理想像が愛らしくて可笑しいが、結局、現実的なダイアナは、実直な青年フレッドと恋に落ちた。アンが人生の真実に目覚めるのは、夢を打ち破られる散々なプロポーズを経験した後のことだった。

ムーディ・スパージョン・マクファーソン
アヴォンリー小学校からレドモンドまで進んだ仲間で唯一アンに興味を示さなかった男の子。

アンに恋した男性たちの残念なプロポーズ

ビリー・アンドリュース

（ジェーン・アンドリュース代弁）

「あんた、あたしの兄の
ビリーをどう思って？」

「ビリーを夫として好もしいと思って？」

（『アンの愛情』8章）

丸顔に大きな太った体、気の毒なほど会話が下手なビリー・アンドリュースは幼なじみのジェーン・アンドリュースの兄で、時折、視界に入ってくることはあっても存在感すらない相手。恥ずかしがり屋すぎて妹のジェーンにプロポーズを代わりにお願いした。

棒のように四角ばってすわったチャーリー・スローンが、アンに「将来、チャーリー・スローン夫人になる」と約束してくれるかとたずねたのであった。

（『アンの愛情』9章）

チャーリー・スローン

アヴォンリー小学校、クイーン学院、レドモンド大学と長い間、アンに好意を寄せていた出目のチャーリー・スローン。アンの下宿先のハービー家で主のミス・エイダがいちばん大切にしているクッションに座り、プロポーズする。

サミュエル・トリバー

「そうさ、一つおれ、自分の家を
持つべえかと思ってるだ。（中略）
だけんど、そいつを借りるとなりゃ、
女房が要るだ」

「おめえさん、おれんとこへきて
くれっかね？」　（『アンの愛情』34章）

代理教師として訪れたバレー・ロードの下宿先の隣人の背の高いやせた雇人。たまに出くわすくらいで、ほとんど話したこともないのに、突然のプロポーズ。ぼろぼろの麦わら帽子、ツギの当たったズボンといったいでたちで、しかも、藁を噛んでいた。

Royal Gardner

理想のプロポーズ…だったはずなのに

ロイヤル・ガードナー

高身長、ハンサム、頭も良く、その上、ノヴァ・スコシアで一番のお金持ち。貴族的な家柄のガードナー家という、すべてにおいて申し分のないロイヤル・ガードナー。"黒い、暗い、測り知れぬまなざし――甘美な、音楽的な、思いやりのこもった声"にアンも恋に落ちる。ロマンチストで贈り物のカードに詩の引用を添えたり、レセプション用に白い蘭を贈ったり。母と二人の妹たちと暮らしており、プロポーズ前には、アンの住むパティの家を家族も訪問していて、ガードナー家でも公認の仲となっていた。

出逢い

「失礼ですが……ぼくの傘にお入りになりませんか？」。突然の雨と突風に傘がひっくり返ってしまったアン。そんなときに、黒い瞳と甘美な声で現れた"美しの王子"。雨宿りのため訪れた岬の小さな天幕で過ごしたのは1時間ほど。その日の晩には1ダースの豪華なバラとカードが届く。

ドラマティックに出会った思い出の場所、美しさをちりばめた言葉……なんといっても美しい容姿。全ては理想の通りだったけれど、プロポーズの瞬間に、突如としてロイのことを愛していなかったことに気が付く。ロイにとっては、「嘘でしょ」の展開で、アンにとってはいつも通りの「過ぎた想像」の代償だった。遅まきの初恋に酔い、本当の自分の思いに気付かず、苦い思い出となった。

ロイは二人が初めて会ったあの雨の日に語り合った、港の岸の小さな天幕で、アンに結婚の申込みをした。（中略）それに申込みの文句も、ルビー・ギリスの恋人の一人がしたように、求愛と結婚の作法辞典からうつしてきたかのように、美辞をつらねてあった。全体の効果は完全無欠であったし、また、真剣でもあった。

（『アンの愛情』38章）

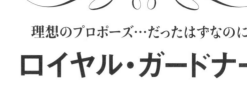

Gilbert Blythe

2回目のプロポーズでやっと…！

ギルバート・ブライス

褐色の瞳を持つギルバート・ブライスはアヴォンリーの人気者。成績は優秀、アヴォンリー小学校、クイーン学院、レドモンド大学と常にアンの良き競争相手で、共通点も多い。行く先々でギルバートの周りには人が集まり誘惑も多いものの、アンのことを思い自分を律する強さも。レドモンド大学ではフットボールチームの主将に選出。どんなにアンに辛く当たられていても一途に思い続け、諦めることなくアプローチを続けるナイスガイ。

出逢い

「にんじん！にんじん！」。アンが学校に通い始めてから3週間が経ったころ、学校に戻ってきたギルバート。多くの女の子が関心を持つ中、全く彼に興味のないアンを振り向かせようと放った言葉に、アンは激しく怒り、石盤をその頭に打ち下ろしてしまう。

一度目

「言わなくてはならない。これ以上、今の状態をつづけることはできない。アン、ぼくは君を愛している。君にもそれはわかっているのだ。ぼくは――ぼくはどれほど、君を愛しているか言うことはできない。将来、ぼくの妻になると約束してくれますか？」

（『アンの愛情』20章）

二度目

「僕には一つの夢がある」

「何度か実現しそうもなく思われたが、僕はなおもその夢を追いつづけている。僕はある家庭を夢みているのです。炉には火が燃え、猫や犬がおり、友達の足音が聞こえ――そして、君のいる」

（『アンの愛情』41章）

〝ロマンチックなところは一つもなかった〟一度目。けれどギルバートの思いを断った時のアンは、他の人の時と比べ、大きく冷静さを欠いている。

二度目は美しいヘスター・グレイの庭で。すれ違ったふたりの思いを結びつけたのは親友フィルの手紙だった。

イラスト＝なせもえみ　文＝伊藤延枝

※セリフや描写は、モンゴメリ著、村岡花子訳「赤毛のアン―赤毛のアン・シリーズ１―」「アンの青春―赤毛のアン・シリーズ２―」「アンの愛情―赤毛のアン・シリーズ３―」新潮文庫刊に準じています。

Anne's Friends
大好きな友だち

アンの人生をさらに幸福にしてくれたもの——それは友だち。心から触れ合える様々な友だちにめぐり逢いよりいっそう魅力的で美しい女性へと成長していく。

「腹心の友よ——仲のいいお友達のことよ。（中略）いままでずっと、そういう友達にめぐり会うことを夢見てきたの」（『赤毛のアン』8章）。マリラにダイアナ・バーリーのことを聞いたアンは大興奮。両親をなくしてから引き取られた家には同じ年ごろの女の子がおらず、友だちは空想の女の子だけ。心の慰めとなっていた空想の女の子への思いは熱く、その後4カ月ほどいた孤児院でも親友は作らなかった。そして、初めてダイアナという腹心の友を得ると、アンの生活はとても豊かで幸福なものになる。

少々風変わりではあるが、感受性が強く、想像力のありすぎるアンは、アヴォンリー小学校へ入ると、人気者に。いろんな物語を思いつくアンの想像力は、少女たちのごっこ遊びに欠かせない。アンの声もみんなを魅了した。危険な遊びをしたり、喧嘩をしたり……仲良しの女の子たちと過ごす学校生活はとても楽しい。いつでも心を許し合える腹心の友、ダイアナ・バーリーがいるのだから。アンは、アヴォンリーの友人を特別な存在として大切にするのだが、クイーン学院やレドモンド大学時代にも、素敵な出会いがあり、青春時代を楽しむのだ。

空想の友だち

ケティ・モーリス

最初に引き取ってくれたトマスの小母さんの家の本棚の割れていないガラスに映る自分の姿が、「ガラス戸の向こうに住んでいるほかの女の子」ケティ・モーリスだと想像する。棚がケティの部屋で、素晴らしい場所へ誘ってくれると考えていた。別れの時はさよならのキスをして泣いてしまう。

ヴィオレッタ

トマス家の次に引き取られた、双子が3組もいるハモンドの小母さんの家で想像したのは「ヴィオレッタという小さな女の子」。家から少し離れた川上にある小さな緑の谷に住む美しいこだまの少女だ。ケティほど愛せなかったが孤児院へ行く前にさよならを告げると、とても悲しそうな声が聞こえた。

ダイアナ・バーリー

グリーン・ゲイブルズに近いオーチャード・スロープ（果樹園の丘）に住む、アンと同じ年ごろの女の子。ダイアナという豪華な名前はかつてバーリー家に下宿していた学校の先生が付けた。黒い髪と目、バラ色の頬、可愛いらしいえくぼをアンは熱狂的に愛した。ファッションセンスには定評があり、現実的な性格。友人の良いところや才能を妬むことなく褒め称える素直さの持ち主。

腹心の友

思っていることすべてを打ち明けられる本当の友だちのこと。生涯変わらぬ友情を捧げあう相手。

夢に見た友、ダイアナに初めて会いに行く日は、緊張して震えていたアン。花々が咲き誇るバーリー家の庭で、「あたしの腹心の友となってくれて？」（『赤毛のアン』12章）と思い切って伝えるとダイアナは笑いながらそれを受け入れ、ふたりは永遠の友だちになることを誓い合う。『太陽と月のあらんかぎり、わが腹心の友、ダイアナ・バーリー（アン・シャーリー）に忠実なることを、われ、おごそかに宣誓す』と手を重ね合わせるのだった。

誤ってダイアナを酔わせてしまいバーリー夫人に会うことを禁止されてしまった時は、先生への反抗心から休んでいた学校へ、ダイアナの姿を一目でも見たいがために復帰する。黒髪に憧れて染め粉を使い髪の毛が緑色になってしまった時も、ダイアナにだけ真相を打ち明ける。

ダイアナも、アンのクイーン学院1位合格を信じ、ギルバートと同率1位であったが、アンの名前の方が先に載っていると大喜びする。女の子にとって、真実の「親友」を持つのは難しい。ふたりの友情は理想的だった。

少し年上の腹心

ジョセフィン・バーリー

シャーロット・タウンに住む、ダイアナのお父さんの伯母さん。彼女が眠っていたベッドに飛び乗るという最悪の出会いだったが、面白いアンの話やその素直さを気に入り、クイーン学院の試験時の世話や1000ドルもの遺産を残すなど非常に親切にしてくれた。

アラン夫人

アヴォンリーにやってきた牧師先生の奥さん。ケーキ作りの失敗で落ち込むアンを自分の失敗談で励ます。マシュウの死に戸惑っていた時も寄り添ってくれた。

ステイシー先生

アヴォンリーにやってきた初めての女教師。今までとは異なる心を動かす指導者で、野外学習や体操、音楽会など新しい指導も取り入れ多くの生徒に慕われる。

ラベンダー・ルイス

「山彦荘」と呼ばれる石の家に住む「気持も心もいつまでも若いままの夫人」。いろいろな想像をしながらひっそりと暮らす、アンの本当の同類。かつての恋人ステファン・アーヴィングと結婚する。

アヴォンリー小学校

「輝く湖水」を見下ろす丘にある、白壁のアヴォンリーの学校。級友たちと裏の林で遊び、勉強で競い楽しく忙しい日々を過ごす。

ルビー・ギリス

金髪で色白、青い大きな目を持つ少女は、ギリス家の娘らしく、恋愛や男性の話が好き。ヒステリー気味で時々発作を起こす。クイーン学院時代には大変美しい女性となり、学年で一番の美人に選ばれた。華やかな生活を送っていると思われたルビーだが、肺結核で若くして亡くなってしまう。

ジョシー・パイ

「人の気持ちを逆撫でするようなことばかり」するパイ家の娘で、いつも嫌味や当てこすりを言っている。そのため、アヴォンリーにおけるパイ家のように、クラスからの人望は全くない。「命令遊び」でアンに屋根の棟を歩くことを命令し、挑戦したアンが転落した時はさすがに後悔をしていた。クイーン学院時代には「学院きっての毒舌家」の称号が与えられた。

ジェーン・アンドリュース

どんな時も、どんなことがあっても落ち着いていられる、地味なしっかり者。コツコツとまじめに勉強するタイプで、クイーン学院時代には家庭科で表彰された。お父さんが非常にケチなためか、お金持ちへの憧れが強い。西部で暮らしていたジェーンは、ウィニペグの年の離れた億万長者から求婚され、結婚。

「学校にはたくさん、すてきな女の子がいて、お昼休みに愉快きわまる遊びをしたの。たくさんの女の子たちと遊ぶって、とてもおもしろいのね」（『赤毛のアン』15章）。ダイアナも通うアヴォンリーの学校へ入学したアン。初めての学校生活は、級友たちにも恵まれる。新しくやってきたステイシー先生の出した宿題に悩むダイアナのため、アンは物語クラブを結成。ジェーンやルビーらも加わり、仲を深めていく。この4人で小川を舞台に船底に横たわり流されていくエレーンの劇を行い、アンはまたもや危険な目に……。失敗も喜びも共有する仲間だ。

　ジェーン、ルビー、ジョシーらと進学した、クイーン学院で出会ったステラとプリシラは後にレドモンド大学でも共に学ぶ友。

「あたらしい友達ができればいいと思うわ。そう思うと、人生に対する魅力が増してくるのですもの」（『アンの青春』26章）。

クイーン学院

ギルバートと共にトップの成績で合格したクイーン学院。一緒に進学した同級生、新しく出会った友人と切磋琢磨し、成績の優等と大学の奨学金獲得を目指して頑張るのだった。

プリシラ・グラント

美しい髪を持つ青白い少女は、実はいたずらっ気がいっぱい。クイーン卒業後は、アヴォンリーにほど近いカーモディの先生となる。レドモンド大学ではアンより一足先にキングスポートへ。大学時代はアンとずっと一緒に暮らす。『バラの園』の作者モーガン夫人の姪で、グリーン・ゲイブルズへと案内した。

ステラ・メイナード

黒い目とバラ色の頬を持つ、アンと同じように空想をする少女。教員１年課程で美女の栄冠を得る。クイーン学院卒業後は、田舎で２年ほど教師を務めたが、レドモンド大学に編入することに。下宿が嫌いで、シェアハウスを提案。家政婦としてジェムシーナ伯母さんを連れてくる。

フィリパ・ゴードン

アンの出生地であるノヴァ・スコシア、ボーリングブローク出身の富裕な名士の娘。鳶色の目の美少女で、人を惹きつける雰囲気をまとっているが、将来の鼻の形に大いに悩んでいる。優柔不断で、二人の男性の間で結婚を迷っていたが、夏にプロスペクト岬で出会った神学生ジョナスと本当の恋に落ちる。愛称フィル。

レドモンド大学

マリラの計らいで、諦めていたレドモンド大学へ行けることになったアン。歴史ある町キングスポートで友人たちとの賑やかな暮らしが始まる。

レドモンド大学ではフィリパなどまた新しいタイプの友人を得る。友だちがいることでより実りある豊かな人生になることをアンは知っているのだ。

イラスト＝なせもえみ　伊藤延枝

※セリフや描写は、モンゴメリ著、村岡花子訳「赤毛のアンー赤毛のアン・シリーズ１ー」「アンの青春ー赤毛のアン・シリーズ２ー」「アンの愛情ー赤毛のアン・シリーズ３ー」新潮文庫刊に準じています。

自尊心　容姿コンプレックス　空想癖

アンの大失敗エピソード

「女子あるある」に満ちたアンの失敗エピソード。クスリと笑える事件の数々を再確認してみよう。

イラスト＝なせもえみ

女の子はそういう生き物なのだ

「赤毛のアン」は一人の少女の成長の物語なのだが、それぞれの章は、アンの恐るべき失敗で埋められている。まずは、レイチェル・リンド夫人に自分の容姿を貶《けな》され、癇癪《かんしゃく》を起こした事件。これを皮切りに、エレーン姫の沈没事件まで約10もの失敗エピソードが語られる。おっちょこちょいな失敗から憤怒に駆られた激怒事件までバリエーションは見事に様々で、アンが語る、自分の良い所は「おなじまちがいを二度とくりかえさないことよ」(『赤毛のアン』第21章)というわけだ。

　つまり、アンの成長とは、世の中にある失敗リストを一つひとつ経験して、一度やりましたのチェックをつけていくことなのだ。同じ過ちを繰り返さないというのは素晴らしいことで、成長するための考え方としては、理に適っていて素晴らしい。

　アンの失敗を考えると、大きくは4つに分けられる。一つは、「にんじん!」という赤毛を揶揄される時。突如として抑えがたい怒りが湧き上がるのだ。リンド夫人を罵倒し、ギルバートの頭に石盤を振り下ろすというような極端な事件が起こっている。「アンの青春」の16歳の頃になっても、赤毛に関してだけは冷静でいることができず、隣人ハリソン氏とも大バトルとなる。

　そして「プライド」を傷つけられたときに、色々な事件が起こっている。ジェシー・パイとの「命令遊び転落事件」も自尊心のなせる業だ。

　もう一つは、自分の世界に没頭してしまう癖に起因している。ついつい他のことに気を取られている、または夢中になりすぎているうちに、決定的な取り違いや入れ間違いをおかしてしまうのだ。ダイアナのいちご水事件やアラン夫妻を招いたレイヤーケーキ事件は愛する友人たそばかすと赤毛をぶきりょうだと言われ、足を踏み鳴らして怒るアンと困惑するマリラ。

ちをもてなすという行為に夢中になりすぎた結果引き起こされている。

そして、全く悪意ない無邪気な失敗。紫水晶紛失事件も嘘の告白をなるべく楽しめるように脚色している。ジョセフィン伯母さんのベッドに飛び乗ったのも長年の憧れと客用寝室で眠ることができる興奮からだ。そして、美容への限りない執着。アヴォンリー小学校の教師時代になっても、そばかすを消すための塗り薬を塗っていたのだから。アンの涙ぐましい努力と赤い染め粉を間違って鼻に塗ってしまい、モーガン夫人の前に出てしまったそそっかしさには笑ってしまう。

こうして見てみると、同じ失敗を繰り返しているともいえるのだ。男子には到底理解不能な思春期の少女の内面が、アンの失敗には溢れている。そのディテールは、まさに「女子あるある」だ。少女たちは、大いなる共感を寄せて、アンの失敗をクスリと笑ったのだった。

『アンの青春』

●ハリソンさんの牛を間違って売却

（第2章）

グリーン・ゲイブルズの西隣に引っ越して来たハリソン氏。のちにはアンと良き隣人で友人となるが、当初は、ハリソン氏は変わり者の嫌われ者だった。そのハリソン氏の家に、クスバート家の牛のドリーが何度も入り込みカラス麦の畑を踏み荒らしていた。怒鳴り込みにきたハリソン氏に「赤毛のあまっちょめ」と言われたアンは、16歳になってもつい激昂してしまい、「もう二度とハリソン氏の家に牛を入り込ませない」と名誉にかけて誓うと言い放つ。しかし、翌日、またもや畑を踏み荒す牛の姿を見つけたアンは、驚いて牛を引きずり出し、腹立ち紛れに通り掛った知り合いに20ドルで売り払ってしまうのだった。ところが、家に帰ってみるとドリーは柵の中に。アンが売ったのは何とハリソンさんの牛だったのだ。

●公会堂の壁のペンキ取り違え事件

（第9章）

アンたちは村の若者たちと、アヴォンリー改善会を結成して、ほったらかしのあばら家の建て壊しなどを提案し、アヴォンリーをより美しい村にすることに熱中していた。そして手始めが公会堂のペンキ塗り。村中から寄付を募り、緑のペンキを注文してパイ家の人間に塗ることをお願いしたが、何かの手違いがあり赤い屋根に壁が青に塗られてしまった。「リンドのおばさんが言いなさったけれど、建物の色としたら、こんないやなのはない」というほどの組み合わせだった。アンたち改善員はすっかり面目を失う。

●人の家の屋根を踏み抜く大惨事

（第18章）

マリラが引き取った遠縁の男の子デイビーが粉々に割ってしまったジョセフィン伯母さんから借りた染め絵の大皿。それと同じ物をトーリー街道のコップ姉妹が持っているという情報を得て、アンとダイアナは譲ってもらう交渉をするために訪ねて行く。コップ姉妹はあいにく留守。しかしアヒル小屋の屋根に登れば、コップ家の食料室を覗くことができる。そこでアンはもろくなっている屋根に這い上がり、食料室を見ることに成功。そこにあったのは割ってしまった絵皿と全く同じものだった。その時喜びで飛び上がったアンは、屋根を踏み抜いてしまい、半身が小屋にハマり込み抜けなくなった。さらに突然の雷雨が襲う。1時間も降りしきる中、屋根の上から上半身をにょきっと出して日傘をさして耐えるアンだった。

「赤毛を美しい黒髪にかえる」との行商人の言葉を信じた結果、緑色の髪に。

●そばかすを消すクリーム取り違い事件

（第20章）

デイビーと二人だけで過ごしていたある日、家事をテキパキとこなし、羽布団の移しかえの仕事を始めるために、14歳の頃に着ていた何の装飾もないワンピースに着替えた。その時、急にそばかすを取るために自分で調合した薬を塗り忘れていたことに気付いたアンは、食料室にしまってあった薬瓶を取り出しふんだんに鼻に塗ったのだった。そこへプリシラが、親戚で作家のモーガン夫人を連れてやってきた。みんなが妙な顔でアンを見るのに憤慨するアンだが、実は鼻に塗った薬は赤い染料で、アンは暗闇でまたも瓶を取り違えてしまったのだ。真っ赤な鼻で大事な客をもてなしてしまったというわけだ。

『赤毛のアン』

●リンド夫人を罵る（第9章）

レイチェル・リンド夫人との初対面の日、「まあまあ、こんなそばかすって、あるだろうか。おまけに髪の赤いこと、まるでにんじんだ」という言葉に、床を踏み鳴らしながら「あんたなんか大きらいだわ」と叫んだのだった。ものすごい癇癪を起こし、マリラとリンド夫人を心底びっくりさせてしまった。

●帽子を飾り立てて教会へ行く（第11章）

アンは、初めて日曜学校へ。マリラが持病の頭痛のため行くことができなくなり、リンド夫人のところに寄って連れて行ってもらうことになった。マリラが仕立ててくれたよそ行きの洋服は実用一点張りの地味なもので、アンは失望を隠せない。しかし道を歩いていると、きんぽうげや野ばらが咲き乱れ、アンは帽子を花で飾ることを思いつく。コテコテに花をあしらった帽子で意気揚々と教会に向かうアン。アヴォンリー村の人々は、アンを奇妙な子だと思うのだった。

●紫水晶紛失事件（第13、14章）

マリラが最も大切にしている紫水晶のブローチは、母の形見の品。ところが、針さしに挿したはずのブローチが見当たらないのだ。アンは一度胸につけてみたけどタンスの上に返したという。ただ、最後に触ったのがアンであるため、マリラはアンが失くしたと思い込む。本当のことを話すまでは、部屋から出てはいけないと伝えたマリラ。しかし、翌日はアンが楽しみにしていた日曜学校のピクニックの日だった。どうしてもピクニックに行きたいアンは、紛失事件を最高に脚色してマリラに披露するが、怒ったマリラは、外出禁止を言い渡す。涙にくれるアンだが、紫水晶が別のところから見つかりマリラはアンに謝るのだった。

●ギルバート・ブライス石盤かち割り事件（第15章）

「にんじん！にんじん！」とギルバート・ブライスにはやし立てられたアンは、激怒して自分の石盤をギルバートの頭に振り下ろす。

●ダイアナ酔っ払い事件（第16章）

ダイアナを招いてのティー・パーティを許されたアン。マリラから様々なデザートやジュースを提供する許しを得て、お茶を振る舞い甲斐甲斐しくホスト役を務めるアンだったが、振る舞ったいちご水は、なんとワイン。ダイアナがぐでんぐでんに酔ってしまい、バーリー夫人が激怒して、二人は友達として会うことを禁止される。

●ジョセフィン伯母さんのベッド突撃事件（第19章）

音楽会の後、ダイアナの家の客用寝室に泊まっていいと言われたアンとダイアナは、夜、二人でベッドに飛び乗った。しかしそこには先客が……。ダイアナの気難しいお金持ちの伯母さんジョセフィン・バーリーだった。ダイアナの音楽の費用を出してもらう予定にしていたバーリー家だったが、その仕打ちに怒ったジョセフィン伯母さんは、滞在を切り上げて帰るという。心痛めたアンは、許しを請いにジョセフィン伯母さんのところに一人で行く。

●空想しすぎて（第20章）

えぞ松の森を「お化けの森」と名付けて想像を巡らせていた結果、自分の想像に飲み込まれて恐ろしくて日暮れからは歩くことができなくなったアン。行きすぎた想像力はいけないということを悟った恐怖の夜。

●塗り薬ケーキ混入事件（第21章）

アラン夫人をグリーン・ゲイブルズのティー・パーティに招待した時、アンがレイヤーケーキ作りを任される。張り切ってケーキを作るアンだが、ヴァニラの代わりに痛み止めの塗り薬を香料として入れてしまい、とんでもないケーキをアラン夫人に食べさせてしまった。

●命令遊びがあわや命取り（第23章）

ジョシー・パイの意地悪に怒りを爆発させたアンは、ダイアナの家の屋根の棟を歩いて渡るという「命令遊び」を受けて立つ。そしてあえなく転落して、九死に一生を得る。

●赤毛から恐怖の緑の髪へ（第27章）

行商人から髪の毛の染め粉を買って染めたアン。しかし、髪が嫌な緑に染まるという悲劇に見舞われる。どんなに洗髪しても色はおちず、とうとう髪をばっさり切ることになった。

●劇のつもりが小舟で沈没事件（第28章）

死んで小舟に横たえられ川を渡るエレーン姫を演じている時に、船底の穴から水が侵入し、危うく沈没の憂き目に。しかし絶体絶命のところで、ギルバート・ブライスに助けられる。

※セリフや描写は、モンゴメリ著、村岡花子訳「赤毛のアン－赤毛のアン・シリーズ１－」「アンの青春－赤毛のアン・シリーズ２－」「アンの愛情－赤毛のアン・シリーズ３－」新潮文庫刊に準じています。

アンをめぐる19世紀ファッション、料理、歴史までわかる

私たちの愛した赤毛のアン

編集	㈲オフィスJ.B　光元志佳　中澤雄介　吉岡翔
制作・進行	小林智広（辰巳出版）
執筆	小沢宗子　島崎晋　伊藤延枝
デザイン	原茂美希
表紙イラスト	萩岩睦美
本文イラスト	忠津陽子　コジマユイ　なせもえみ　流王ゆうや
協力	ひらいたかこ　東京図書　ユミコミックス　ポプラ社　ビーグリー 吉田バテンレース　荒川 規　パリ好きおばさん 新潮社　日本文藝家協会

2019年10月1日　初版第1刷発行

編者	オフィスJ.B
発行人	廣瀬和二
発行所	辰巳出版株式会社 〒160-0022　東京都新宿区新宿2丁目15番14号　辰巳ビル TEL　03-5360-8064（販売部） TEL　03-5360-8093（編集部） URL　http://www.TG-NET.CO.jp
印刷所	三共グラフィック株式会社
製本所	株式会社セイコーバインダリー

定価はカバーに記してあります。

ISBN 978-4-7778-2381-9 C0098　Printed in japan

アンが散歩をした記述通りのロマンティックな墓地。クリミア戦争の戦死者を祀るライオンの銅像のアーチもそのまま残っている。

©Andrea Schaffer

アンの愛情

アンが過ごした 憧れの大学生活

イラスト 忠津陽子

一級の教員免許を取得し、向学心に満ちた4年間を過ごした
レドモンド大学。
恋や友情の名場面を
イラストで紹介しつつ、
その舞台や背景ものぞいてみよう。

マシュウの死後、アンはアヴォンリー小学校の先生として働き、友人たちと働きながらも賑やかな2年間を過ごす。そしていよいよレドモンド大学入学に必要なお金を貯めて、島を離れカナダ本土のノヴァ・スコシアのキングスポートに向けて旅立つのが「アンの愛情」だ。

キングスポートは、イギリス統治時代の面影が色濃く残る街で、街の中心にオールド・セント・ジョン墓地がある。墓地の入り口は、ライオン像が鎮座したアーチ型の石の門。そこをくぐると、墓銘が刻まれた素朴な平石が並んでいる。倒れたり朽ちている墓碑もあるが、長い歳月が歴史を刻み心休まる静かな場所となっている。この墓地は、大学生活の中で、アンや友達たちとの出会いの場であり、語らいの場となった。

小説に描かれたキングスポートは、カナダ大西洋海岸の港町ハリファックスがモデルだ。モンゴメリが1年間通ったダルハウジー大学での経験をもとにしている。下宿や友人同士とのシェアハウス、社交パーティに、男友達から届けられる箱入りの花のプレゼントなど、女子の夢が詰まった大学生活の名場面を紹介しよう。

アンとギルバートが学んだレドモンド大学。
今もハリファックスには、モデルとなった
当時のダルハウジー大学の校舎が残る。

自由で自立したレドモンド大学の生活

レドモンド大学 Schedule

9月 — **入学**

1学期 — **芸能祭**
1年と2年の学年対抗でコンテストを開き勝者を決めていた。2年生が3年連続で勝っていたが、ギルバートが率いた1年が勝利を収め結束を固めた。

フットボールシーズン
毎年秋にはフットボールの試合が開催され、大学対抗など大変盛んだった。ギルバートは主将を務めた。

12月 — **クリスマス試験**

クリスマス休暇

所属する学生会などで多くの社交的な行事が開かれる華やかな時期。アンとプリシラとステラは、フィリパの導きで華やかなシーズンを過ごす。

3月 — **春の試験**

4月 — **学生会**

夏休み

8月

ペギーズコーブの灯台。ハリファックスのランドマークだ。

©Dennis Jarvis

下宿を始めたアンは、アヴォンリーを遠く離れて激しいホームシックを感じる。しかし、オールド・セント・ジョン墓地や港近くの海洋公園など木立に囲まれた美しい散策路を見出したことでアンはキングスポートに強く惹かれるようになる。「木のないところには住めない」と公言するアンにとって、下宿の部屋から見える墓地の美しさは慰めとなるのだった。ミス・ハナとミス・エイダの双子のおばさんの家にクイーン学院時代からの友プリシラと一緒に下宿したアン。エイダとハナは、週のうち二晩は、下宿人が男性を招くことを許してくれ、二人のもとには、ギルバートをはじめ多くの学生たちが足繁く訪れる。

下宿の主人ミス・エイダはクッション作りが生き甲斐。この家では明らかに人間よりクッションの地位が上で、足の踏み場もないほど置かれたクッションに座ることは許されない。この下宿を舞台に個性的な愛すべき人々が描かれる。

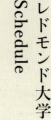

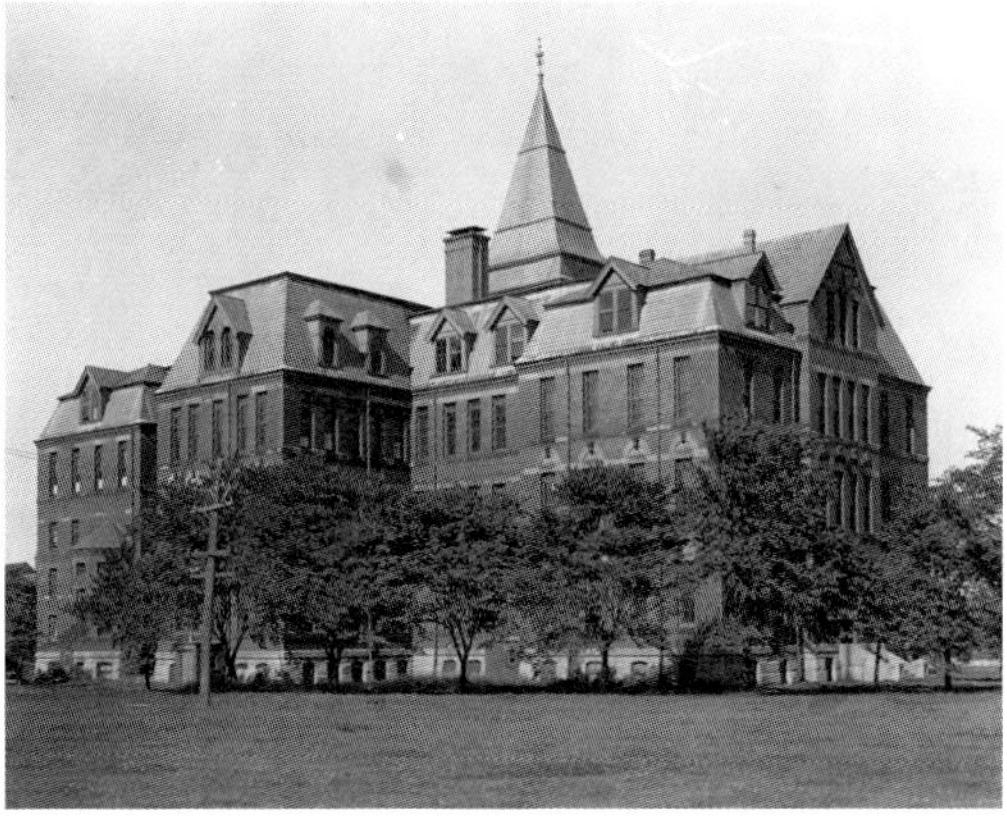

19世紀末のフットボールに興じる大学生たち（下）、モンゴメリが通ったダルハウジー大学のフォレスト・ビルディング（左）

さて念願の大学生活はどんなものだったろう。入学当初は、異邦人のような心境になったアンだが、地元の名士の娘フィリパ・ゴードンとの友人関係により、レドモンドの社交界の扉が開かれた。ギルバートも大健闘。入学後すぐの1年生と2年生で競う芸能祭で、常勝2年生を負かし、ギルバートは一躍有名に。1年生のリーダーに収まるのだった。

そして、限られた学生にだけ入会が許された社交クラブ「ラムバ・シータ」という学友会にギルバートは招かれる。その入会儀式として婦人用ボンネットを被って、花柄のエプロンを身につけて街中を練り歩いて見せる様子は、少年の頃のやんちゃなギルバートを彷彿させて微笑ましい。「ラムバ・シータ」とは、芸能の星とでもいうような意味で、才能ある上流階級の学生が入会した学生組織。ライオンズクラブのような独特のソサイエティで、ギルバートのような田舎の学生が会員になることは大変な栄誉だった。

また当時の人気のスポーツはフットボール。小説の中でも、フィリパが「フットボールシーズン（秋）になると毎週忙しい」と語っている。1年生男子は入学後に上級生からフットボールで洗礼を受けるのが恒例で、流血騒ぎが起きるほどしごかれていたようだ。現在のアメリカン・フットボールとは違い、カナダでは、ラグビールールのサッカーとでもいうようなフットボールが行われていたようだ。ギルバートは、フットボールでもキャプテンを務めていたというから、大学で非常に目立つ存在だったのだ。

レドモンドは2学期制で、通学しているのは1年間のうち約8カ月間くらい。冬の間は、所属している学生会の様々な催しがあり、パーティなども盛んに行われていた。アンのキャンパスライフは、楽しくそして限りなく自由で自立していて理想的だった。

富豪の大きな屋敷が立ち並ぶスポフォード街にある小さな白い木造の「パティの家」。一目で熱狂的に気に入ったアンと友人のフィル、プリシラ、ステラはパティの家を借りて、ジェムシーナ伯母さんに世話をしてもらいながら快適な大学生活を送る。暖炉の上にいるのが家の守り神、陶器の犬ゴグとマゴグ。

賑やかなパティの家での女友達との同居生活

1年間、プリシラと下宿生活をしたアンだが、クイーン学院で一緒に学んだステラ・メイナードがレドモンド大学に入学することが決まり、三人で暮らせる家を探し始める。すると少し前に散歩途中で見つけアンとフィリパが運命を感じた「パティの家」に、「貸家」の札がぶら下がっていたのだ。

家の持ち主は、ミス・パティと姪のミス・マリア。二人は3年ほどヨーロッパ旅行をする予定でその間家を貸すことにした。ミス・パティのお眼鏡にかなって家を借りたアンたちのところに、フィリパが押しかけてきて、女の子四人での暮らしが始まる。ステラのジェムシーナ伯母さんが娘たちの身の回りの世話と監督者として同居することが決まり、おばさんが連れてきたジョセフとセイラ猫、アンについてきた野良猫ラスティと共に楽しい家庭的な生活が始まった。大きな部屋にプリシラとステラが入り、フィリパは台所の上、アンは一目で気に入った青い部屋を自室とした。彼女たちは、絵や小物を好きなように快適に飾り付けた。当時、英国はヴィクトリア朝の時代でカナダでも華やかな装飾が好まれていた。飾られる絵は、宗教画がメイン。小物は手作りの手芸品や美しい刺繍が施されたクッションなどだ。

パティの家の同居のルールは、週1回金曜日の夜だけが訪問客を迎える日。多くの崇拝者を持つフィリパも喜んで同意した。お嬢様育ちゆえに一度もやったことのないお皿洗いや掃除もフィリパはなんとか分担して覚え、みんな仲良く暮らしている。

1898年のアメリカのセント・メアリーズ大学の女学生たち。まさにアンの時代だ。

アンの大学生活
キングスポートの舞台ハリファックス

シタデル国定史跡
ダルハウジー大学
アンたちが通ったレドモンド大学のモデル。パティの家からは、約1キロ半なので、25分くらいで通学できたのではないだろうか。
パブリック・ガーデンズ
旧墓地
オールド・セント・ジョン墓地のモデルは、ハリファックスのダウンタウンにある旧墓地。原作に描かれた天使と骸骨が刻まれた墓碑も残っている。
©荒田規
N
©荒田規
ヤング・アヴェニュー
今も古い豪邸が残る閑静な住宅街。パティの家があったのは、この通り沿いではないかと考えられている。
ポイント・プレザント・パーク
原作では、海洋公園と呼ばれている。ロイとアンが出会ったあずまやがあるのがここだ。

家庭的なこの家のアクセントは、週1回の大学の友人たちとの集いだ。学問的な議論もあれば、たわいもない雑談、恋の予感など、暖炉のある居間で満ち足りた夕べを過ごす。19世紀の共学の大学生たちは、想像以上に男女交際が開かれて、自由なのだ。

レドモンド大学でアンが学ぶことになった時、アヴォンリーの人たちが口々に、くだらない恋愛沙汰を起こすに違いないと噂したのも理由のあることだった。

そして何といっても可愛らしい猫が3匹！　アンだけを熱烈に愛する野良猫だったラスティと、いつの間にかラスティと大親友になったジョセフ、その2匹を支配下に置く優雅なセイラ猫。

パティの家は、必死に学び、人生を楽しむ女の子の青春の輝きに満ちた家だった。

ロイヤル・ガードナーとアンの出会い。海の見える公園で突然の雨に見舞われ雨宿りをしているところに走り込んできた黒い目の美青年。アンは、ロイを運命の人だと確信するのだった。

恋に恋するアンの前に現れた貴公子のようなロイ

ポイント・プレザント公園にある赤い屋根のガゼボ。アンを旅するツアーなどで人気の観光ポイントだ。
©パリ好きおばさん

アンは、アヴォンリー時代に物語クラブを結成し、想像力をたっぷり膨らませて悲劇的なストーリーを創っていた。レドモンド時代になっても夏休み休暇に『アビリルのあがない』というラブストーリーを描いている。その主人公であるパーシバル・ダリンプルは、恋人のアビリルにロマンティックで美しい詩的なセリフを延々と語るような紳士だ。つまり、アンは大学生になっても、ずっと恋に恋する乙女のままだった。

そのアンの前に突然現れたのが、ロイヤル・ガードナー（ロイ）だ。甘い音楽のような声に黒い目の青年。そして上流階級に属するその身のこなしは上品そのものだ。絵に描いたようなシチュエーションで出会い、アンはあっという間に恋に落ちてしまうのだった。二人で雨宿りした公園のあずまやのモデルではと人気なのが、ハリファックスのポイント・プレザント公園にある赤い屋根のガゼボ。小説では海を見晴らすことができ、雨が降りしきるなか二人きりで過ごすにはまさにロマンチックな場所だ。

ロイは、ビロードのような微笑みを浮かべ訴えるような声で話し、ジェムシーナ伯母さんもメロメロになるほどの好青年だ。大学でもとびきり目立つ。しかしロイが選んで贈ってくれる蘭の花は、エキゾチックすぎて実はアンには似合わない。好きな花ですらない。さらに彼の声は素敵だが、内容はつまらない。そういう重要な点にアンが気づくのは、まだまだ先のことだった。

卒業式の後のダンスパーティでのアンとロイ（右）。アンの視線の先には、ギルバートがエスコートするピンクのドレスのクリスチンがいる。アンは、ロイを愛しているはずだが、なぜかギルバートを意識してしまうのだった。

結婚相手を探す場でもあった大学時代の華やかなパーティ

大学では様々な社交イベントが開かれていた。自分たちが所属する学生会などが主催するパーティや慈善会、講演会のレセプション、コンサートなどだ。

アンは、自分たちが属する会の催し以外に、フィリパが招かれる様々な誘いにも顔を出し学生生活を存分に楽しんだ。フィリパのような上流階級の娘の生活は、買い物、散歩、馬車でのピクニックや舟遊び、社交的な訪問、夜のダンスパーティ、お芝居の鑑賞といった具合で、息つく暇もないほど遊びに興じていた。なぜならそういう社交の中で結婚相手を決めて、早く結婚することが、お嬢様の務めだったからだ。フィリパも「家にいたら、結婚させられることがわかっていたから、大学にきた」と話している。

「アンの愛情」で、印象に残るパーティシーンといえば、卒業式とその後のパーティ。卒業式で女学生が手にして壇上に上がる花束が、アンのところに届くシーンがある。ロイはすみれを、そしてギルバートからはすずらんの花がカードを添えて贈られ、アンはその花を見比べながら思わずすずらんを手にする。

当時、印刷技術の向上により美しい複雑なデザインの、ビジティング・カード、コーリング・カード、ダンス・カードといったカードがコミュニケーションツールとして大流行した。訪問前に名刺を届ける、贈り物に添える、パーティ会場で交換するといった今でいう名刺と変わらない使用方法だ。

卒業パーティで、アンがギルバートからのダンスの申し込みを、もういっぱいだからと断るシーンがあるが、これは、ダンスを申し込まれるとダンス・カードに記入していたため「もういっぱいだ」とカードをひらひらさせて言えるわけだ。ダンス・カードというのは、レストランの予約待ちリストのようなもので、女性たちはペンのついたカードを腕から紐でぶら下げていたという。申し込まれるとそれに記入し、管理していたのだ。

卒業が近づくとロイがアンにプロポーズしたように、婚約に関する様々な噂話が飛び交う。高等教育を受けた女学生といえども、女性が職業を持つことは一般的ではなかった。大学生活は独身時代に羽を伸ばす場であるとともに、結婚相手を探す場所でもあったのだ。